いずれ最強の錬金術師？

SOMEDAY WILL I BE THE GREATEST ALCHEMIST?

7

小狐丸
KOGITSUNEMARU

タクミ
ちょっぴり臆病な本作の主人公。
剣と魔法の異世界に転生したが、
喧嘩もしたことがないので
生産職を究めようと決意する。
マーニ
兎人族の美女。
露出度の高い服で、
何かとタクミを
誘惑する。
ソフィア
謎多きエルフの剣士。
一生を懸けてタクミを護ると誓う。

アカネ
地球から召喚された
勇者の一人。
アイドル並みに可愛い。
ダーフィ
ソフィアの弟。
王都の騎士団に
所属している。
マリア
家事もバトルもこなす
美少女メイド。
タクミのお世話係。
登場人物紹介
CHARACTERS

1　天空島上陸《てんくうとう》

天空島を囲む暴風はすごくて、飛空艇《ひくうてい》ウラノスをもってしても本当にギリギリだった。

ウラノスに乗船しているのは、僕タクミ、エルフのソフィア、人族のマリア、狐人族《きつねじんぞく》のレーヴァ、兎人族《うさぎじんぞく》のマーニ、僕と同郷出身のアカネ、その従者の猫人族《ねこじんぞく》のルルちゃん。普段は亜空間にいるアラクネのカエデも乗っている。

僕達メンバーの他には有翼人族《ゆうよくじんぞく》がおり、族長のバルカンさん、女の子のベールクト、あとなぜかミノムシことバート君まで乗船していた。

ようやく風の結界を抜ける。

そこに広がっていたのは、まさにファンタジーな光景だった。

高度３０００メートルの上空、雲海《うんかい》の中に浮かぶようにその島はあった。


――天空島。

島には、小高い山々があるのが見えた。あれがバルカンさんが言っていた有翼人族達が暮らしている場所だろうか。

湖も見える。不思議な事に、空高くに浮いているというのに、清《きよ》らかな水が湧き続けているらしい。

湖から流れ出た川が天空島の外へ落ち、滝を形成している。滝の水は雲となり、そうした光景が天空島をより一層幻想的に見せていた。

僕は目の前の光景に呆然《ぼうぜん》としながら、ソフィアに向かって言う。

「森が建物を侵食しているから分かりづらいけど、古代遺跡の残滓《ざんし》は遺《のこ》っているね」

「ダンジョンは、森に呑まれた古代遺跡の中にあるのでしょうか」

巨大な森の中に、古びた建物の残骸《ざんがい》が見えた。

暴走したダンジョンの影響なのか、魔境《まきょう》とまではいかないけれど、あちこちに魔物の気配を感じる。

「でもあの湖の水は、どこから来てるんだろう？」

「ああ、あの湖ですか。あれは、古代文明時代の湧水の魔導具が未だに機能していると言われています」

僕の疑問に答えてくれたのはバルカンさんだ。

それからバルカンさんは、祖先から伝えられているという話を教えてくれた。

天空島では古代文明時代の魔導具がたくさん機能していて、島を浮遊させているダンジョンコアや湧水の他にも色々あるらしい。

その一つがさっきウラノスが潜《くぐ》り抜けた、島を覆う特殊な結界。

あの結界は高度３０００メートルに吹く強い風を防ぎ、雷さえ通さないという強力なものである
一方、空気の流れを止めるわけではないらしい。島に被害を及ぼすものだけを防ぐようだ。

しかし、バルカンさん達が天空島から避難したあと、結界は暴走状態に陥ってしまった。

本来なら結界が張られていても人や魔物は通れるのだが、今の状態では島に残った者達は逃げ出せていないだろうとの事。

またこの島は、上空にあるにもかかわらず過ごしやすい季節が巡《めぐ》っているらしい。

魔導具によって島内の気候を地上と変わらぬ状態にしているため、地上の動植物でも問題なく生きられるのだとか。

もっとも、それが今も正常に機能しているかは分からないけど……

ともかくそんなわけで、バルカンさん達と離ればなれになった同胞の探索を第一に考えないといけない。

「儂《わし》らの集落は山の中腹《ちゅうふく》にあります。同胞達は今も森から離れた山に洞窟を掘って暮らしていると思われますじゃ」

有翼人族がこの島に住み始めた頃からすでに、天空島中心部の古代遺跡は森に呑まれていたそうだ。

ダンジョンの魔素は、当時からわずかに漏れ出していたんだろう。森には野生動物に紛れて魔物が生息していたため、有翼人族は比較的安全な山に集落を作ったらしい。

「私達が森を住処としていたならもっと被害は大きかったでしょうな」

ただささえ危険な森に、それまでダンジョンに留まっていた強力な魔物まで闊歩《かっぽ》するようになり――有翼人族は種族としての生き残りを賭《か》け、集落を二つに分けたという。

バルカンさんは当時の事を思い出してか、遠い目をしながら言う。

「どちらかが生き残れば、儂ら有翼人族の血は残せますから」

「大変だったんですね」

「……それはもう。天空島に残った同胞達も楽ではなかったでしょうが、儂らも大変でした。長く飛ぶ事が出来ない儂らが、翼の力だけで地上を目指したのですから」

上空3000メートルからの脱出が簡単なわけがない。わずかな荷物しか持ち出せなかっただろうし、その後の孤島での生活も楽ではなかっただろう。

実際、僕が有翼人族と出会った時、彼らの生活は限界そうだった。

かといって天空島に戻るというのはさらなる危険を伴う。それでもバルカンさん達は今回迷わずそうする事を選んだ。

それは、魔大陸でのパワーレベリングで有翼人族の戦士達が強く育った事、また僕達のサポートによるところが大きかったんだと思う。

バルカンさんが大袈裟《おおげさ》に頭を下げてくる。

「イルマ殿が有翼人族の若者達に武具を渡し、魔大陸の魔境で訓練を施してくださったおかげで、随分と逞《たくま》しくなりました。イルマ殿には感謝しかありません」

「ハハハッ、気にしないでください。僕は天空島に来てみたかっただけですから」

実際、純粋に空に浮かぶ島を見たかっただけだし、有翼人族の若者を鍛えたのは、魔大陸でシドニアのダンジョン探索を手伝ってもらうため。あまり感謝されるのも居心地が悪い。

まあぶっちゃけ、日本人だった頃に好きだったアニメで観たような、空飛ぶ島というザ・ファンタジーにテンションが上がってしまったのだ。

僕以外のメンバーも、僕と同じような感じだと思う。アカネなんて「滅びの言葉を言ったら飛んでっちゃうのかな？」とか某超有名アニメ映画の話をしていたし……名作は世代を超えるね。

僕はウラノスを操縦しつつ、バルカンさんに言う。

「じゃあ、山の麓《ふもと》に降りられそうな場所を探しますね」

「お願いします。確か、もう少し北側に着陸出来そうな場所があったと思うのですが……」

バルカンさんの記憶は二百年以上前のものだ。そんなバルカンさんの自信なさげな指示に従いつつ、僕はウラノスの高度を落として山の麓を探索した。

しばらくして、ギリギリ降りられそうな山肌を見つける。

「皆さん、着陸するので椅子に座ってください」

みんなにシートベルトを装着してもらい、着陸態勢に入る。僕の操縦でウラノスが垂直に降下し、ゆっくりと地面に向かっていく。

2 再会

無事着陸したウラノスからタラップが降ろされ、僕らは天空島への最初の一歩を踏み出した。

広がる森を見たソフィアが指摘する。

「タクミ様、森の植生《しょくせい》が独特なようですね」

「へぇー、僕には見分けがつかないや。さすがエルフだね」

僕は植物にそれほど詳しくない。普段使う薬草なら少し分かるくらい。

役立ちそうな植物がありそうだから、鑑定しながら採取してもよさそうかな。でもエルフのソフィアの方が見つけるのが断然早いので、あとでソフィアに教えてもらおう。

森の反対側にある山を見ると、その中腹に洞窟が確認出来た。僕は気配察知とあわせて探知の魔法を使う。

「……バルカンさん達の同胞かどうかは分からないけど……いるね」

「はい、二百人くらいですね。バルカン殿の集落の人数とほぼ同じです」

僕とソフィアが山の方を眺めて話していると、バルカンさんが興奮して聞いてくる。

「この距離で分かるのですか⁉」

「たぶん、バルカンさん達の時と同じように、向こうから接触してくると思いますよ」

そう言ってみたものの、あっちはかなり警戒しているみたいで、なかなか動こうとしなかった。

まあ、いきなり空から飛行物体が現れたのだから警戒するのは分かる。

でも、降りてきた人達の中にバルカンさん達有翼人族が交じっているんだし、そこまで怯えなくてもよいと思うんだけどな。

バルカンさん曰く、魔物が増えた森の側で暮しているので慎重になっているのだろうと。


色々作業をしながら一時間くらい待っていると、彼らは空を飛んでやって来た。堂々と飛んできているので、バルカンさん達がいるのに気づいたのかな。

二十人ほどの有翼人族の戦士達を引き連れて現れたのは、バルカンさんくらいの年齢の男性だった。

彼は僕達から少し離れた場所に降り立ち、弓と槍で少し警戒しながら近づいてくる。そして掠《かす》れた声でバルカンさんに話しかけた。

「……お、お前は……バルカンか」

「兄さん……生きていたんだな。再び生きて会えるなんて……」

バルカンさんも男性も、同じように震えていた。

「バルカン！」

「バルザック兄さん！」

バルカンさんと「バルザック」と呼ばれた男性はともに駆け寄ると、ガシッと抱き合った。

どうやら天空島に残った有翼人族の長《おさ》らしきこの男性は、バルカンさんのお兄さんだったらしい。

二人は長い間、涙と鼻水を流して抱き合っていた。

「マスター、おじちゃん同士が抱き合って気持ち悪いね」

「しっ！　それを言っちゃダメだよ、カエデ。バルカンさんは、二度と会えないと思っていたお兄さんと再会出来て嬉しいんだから」

「ふ～ん、そうなの？　カエデよく分かんないや」

カエデは感動すべき光景なのに引いていたけど、まあ仕方ないかな。

そこへ――

「「おい、オヤジ！　あっ？」」

再会を喜び合うバルカンさん達に向かって同時に同じ台詞を言い、同時に驚く者がいた。

一人は、バート君。

もう一人は天空島側の有翼人族で、バート君くらいの年齢の青年。なんかバート君に似ている気がする。気のせいだろうか？

「「なんだお前！」」

再び同時に声を上げ、バート君とバート君によく似た青年が睨み合う。

それを見ていたルルちゃんがアカネに話しかける。

「アカネ様、バカが増えたニャ」

「ルル、近づいたらダメよ。バカが感染《うつ》るから」

「ほぉわっ、大変ニャ！　ルルは絶対近づかないニャ！」

「いやバカは感染《うつ》らないからね。あとルルちゃん、そろそろ普通の話し方をした方がよくないかな」

そういえば、いつの間にかルルちゃんは語尾に「ニャ」を付け出していた。昔はもっと従者らしい喋り方だったのに。

僕の指摘に、アカネが勢いよく反論する。

「何言ってるのよ、バカは感染《うつ》るのよ。朱《しゅ》に交われば赤くなるって言うでしょ。それと、ルルの話し方はこれでいいのよ。可愛いでしょう」

ルルちゃんもウンウンと頷いている。まあ、本人がよいなら問題ないのか。

そろそろ話を進めたいので、バート君達もアカネもひとまず放っておいて、バルカンさんに話しかける。

「あの……バルカンさん」

「おっ、おお、申し訳ないイルマ殿。兄さん、こちらのイルマ殿のおかげで儂らはここまで帰ってこられたのです」

バルカンさんが僕の事をバルザックさんに紹介してくれる。バルザックさんは涙を流しながら僕の手を取った。

「おおっ！　これは申し訳ない。儂はバルカンの兄のバルザックと申します」

「タクミ・イルマです。バルカンさんとは偶然、縁を持ちまして、天空島へ帰る手助けをする事になりました」

「ここで立ち話もなんです。儂らの住処に招待しますぞ」

「そうだな。バルザック兄さんに協力してもらいたい事もあるし、落ち着ける場所でゆっくり話そうか」

感激するバルザックさんを、バルカンさんと二人で落ち着かせてから、ひとまずバルザックさん達の洞窟へ案内してもらう事になった。

「少しの距離ですから、儂らが抱えて行きましょうか」

「いえ、大丈夫ですよ」

バルザックさんの申し出を断ると、僕はウラノスをアイテムボックスに収納して、空を飛ぶバルザックさん達のあとを追う。

あとで聞いた話なんだけど、山の麓から洞窟のある中腹へぴょんぴょんと山肌を駆け上がる僕達を見て、バルザックさんはバルカンさんにこう尋ねたらしい。

「……バルカン、外の世界の人間は皆、翼がなくともあのような動きが出来るのか？」

「いや、イルマ殿達は特殊な例だと思うぞ」

唖然《あぜん》とする有翼人族達に気づかずに、僕らはバッタのように山を駆け登って、人間離れした身体能力を見せてしまったかもしれない。

外の世界を知らない有翼人族達には刺激が強かったかな？

◇

山の中腹にある洞窟の中に足を踏み入れる。

そこは長い年月をかけて掘り進められ、今も続けられているようだった。ノミの跡がそこここに残っている。

「中は広いんですね」

洞窟は中に行くほど広くなり、奥の方はちょっとしたホールのようになっていた。バルカンさんが感心したように言う。

「随分と広げたのだな」

「ああ、身を守るためにも、一箇所に固まって生活する必要があったのだ」

バルカンさんが暮らしていた頃から、この住処も大きく変わったのだろう。バルカンさんは周囲を見回している。

広場には集落の住民が集められていた。皆、僕達の事を不安そうに見つめている。

子供も少ないながらチラホラと見受けられた。

戦士の質は、僕が鍛える前の孤島の有翼人族と比べて幾分マシな程度だった。ただ、どの人も栄養状態はあまりよくない。

バルカンさんを覚えている人も多くいた。彼らの喜びの再会をひとしきり見届けたあと、バルザックさんと今後について話し合う事になった。

バルザックさんが再び頭を下げてくる。

「改めて感謝します、イルマ殿。生きてバルカンに会える日が来るとは思っていませんでした」

「いえ、僕達も色々とお手伝いしてもらいましたから」

「それでもです。あなたのおかげで親孝行が出来ます」

バルザックさんは、両親にバルカンさんとバート君を会わせられると喜んでいた。

バルカンさんがここを脱出した際は、多くの女子供を一緒に連れ出したという。その一方で、体力的に厳しかったお年寄りは天空島に残したらしい。

この二百年の間に、そうしたお年寄りの多くは寿命で亡くなり、生まれる子供も少ないため集落の人口は減少傾向にあるようだった。

これは、バルカンさん達孤島の有翼人族も抱えていた問題なのだけど……

「ダンジョンの魔物が現れるようになったせいで、森での狩りが難しくなったのです。もともと弓ぐらいしか戦う術《すべ》を持たない儂らには、この森の魔物は荷が勝ちすぎていました」

バルザックさんは溢れる魔物をなんとかすべく、その原因であろうダンジョンコアの制御室へ行こうとしたそうだ。だが、強力な魔物に阻まれ、近づく事さえ出来なかった。そうして手を拱《こまね》いているうちに結界が暴走し始める。

それが五十年ほど前。

バルザックさんが辛そうに言う。

「集落の人数が少なくなり、維持していくのも限界を感じていたのです」

「バルザック兄さんもか……このタイミングでイルマ殿と出会えた事は女神様の思《おぼ》し召《め》し、儂らにとって僥倖《ぎょうこう》であったな」

バルカンさんはそう言うと、少しだけ笑みを見せた。

「確かにな。まあそれはさておき、バルカン。まずは、父さんと母さんに挨拶してほしい」

バルザックさんがそう言うと、バルカンさんとバルザックさんよりも少しだけ年配の夫婦が出てきた。有翼人族の年齢は見た目じゃまったく分からないけど、たぶんご両親なんだと思う。

バルカンさんが頭を下げる。

「父さん、母さん、お久しぶりです。お元気そうでよかった」

「「バルカンっ！」」

三人は抱き締め合って、再会を喜んでいた。

「バルカンも歳を取ったな」

「父さん、二百年ぶりなんですよ。儂だって年寄りになります」

バルカンさんのお父さんは、バルカンさんとバルザックさんにそっくりだった。見た目の年齢にそれほど差があるように見えない。兄弟といっても通用しそうだ。

バルカンさんのお父さんがバーザードさん。お母さんの名前がベートリスさん。バルカンさんの氏族では男は「バ」が名前に付くのだそうだ。女性は「ベ」なのかな。

「バルカン、私達の孫を連れてきてるのでしょう？」

「はい、母さん。バートならあちらに……」

ベートリスさんに問われたバルカンさんが視線を向けた先では――バート君が同じ年頃の青年と口喧嘩《くちげんか》していた。

あいつはさっきもバート君と言い争っていた子だ。

バルザックさん、バルカンさんが争う二人に向かって声を荒らげる。

「バルト！　何をしている！」

「バート！　お祖父様とお祖母様に挨拶せんか！」

すると、バルザックさんとバルカンさんが顔を見合わせ、それぞれ尋ねる。

「うん？　あれはバルカンの息子か？」

「じゃあ、あの子は兄さんの子供？」

喧嘩していたのがお互いの子だと知って戸惑う二人に向かって、ベートリスさんとバーザードさんが呆れながら口にする。

「おやおや、そっくりだね」

「ふむ、デキの悪い感じがそっくりじゃ」

「「……申し訳ございません」」

バルカンさんとバルザックさんは声を揃えて謝ると頭を下げた。

バルザックさんの息子さんは、バルト君というようだ。年齢は偶然にもバート君と同じ歳との事。

従兄弟同士だから似ていたんだね。バルカンさんとバルザックさんには申し訳ないけど、残念なところもよく似ていた。

そんなふうに会話していると、マーニが提案してくる。

「旦那様、皆様に食料を提供してはどうでしょう」

「そうだね。マジックバッグや僕のアイテムボックスにある食料を出そうか」

少々人数は多いけど、僕のアイテムボックスの中には大量の食材がストックされている。

中に入れておけば時間経過しないという機能に気が大きくなってしまい、自重《じちょう》せずに貯め込んでしまった結果だ。

ここには二百人以上いるんだけど、食料が不足する心配はないと思う。

まあ、解体が済んでいない魔物が大量にあるので、解体から始めないとダメなんだけどね。

僕はバルザックさんに食料の提供を申し出る。

「そんな、よろしいのですか?」

「はい、もともとそのつもりでしたから」

「じゃあ、私達もお手伝いしようかね」

ベートリスさんが有翼人族の女衆に号令をかけ、マーニやマリアも一緒になって料理の準備をし始めた。

みんなの栄養状態を考えると、すぐにでも栄養を摂ってもらいたかったんだよね。

3　宴会と狩り

僕が提供した大量の食材を、マリア、マーニ、有翼人族の女性達が協力して調理していく。

もちろん、僕、ソフィア、ルルちゃんも解体は出来るのでお手伝いをする。

不思議なんだけど、ソフィアは料理は絶望的なのに解体だけは上手いんだよね。料理と魔物の解体は別ものなんだろうね。

「うわぁー！　ママ！　お肉がいっぱいだよー！」

「本当ね、よかったわね」

有翼人族の小さな子供が、どんどん運ばれてくる料理を見て目を輝かせる。

調理器具も僕が魔導具のコンロとかを提供しているというのもあって、次々と手早く料理が出来上がっていった。

「魔物が溢れて二百年、狩りが難しくなった事で、十分な食料の確保が出来なくなりました……子供達にはひもじい思いをさせぬよう頑張ってはいたのですが……」

バルザックさんは料理を目の前にして申し訳なさそうにしていた。

孤島の有翼人族達もそうだったけど、メインの武器が軽い弓矢しかない彼らは、魔物に対抗出来る手段を持っていなかった。鏃《やじり》の素材に魔鋼《まこう》でも使えれば話は変わってくるだろうけど、彼らの中にはそんな高度な鍛冶《かじ》の技術を持つ者はいない。

バルカンさんがバルザックさんに向かって言う。

「バルザック兄さん、狩りなら儂達に任せてくれ」

「そうだ、伯父《おじ》さん。俺達に任せてくれよ。俺達の武器ならこの辺りの魔物なんてヘッチャラだぜ！」

バルカンさんに息子のバート君が続いた。

それからバート君はバルト君をチラッと見ると、挑発するように胸を叩く。バルト君は悔しげな顔をしてバート君を睨んでいた。

はぁ、なんで仲よく出来ないのかな……

「同族嫌悪よ」

「そうなんだ」

僕の思考を読んだアカネの言葉に、僕は頷く。しかし、バート君とバルト君は双子かと思うくらいよく似てるな。

それはともかく、この天空島には察知した気配の印象だと手強《てごわ》い魔物はいないと思う。

天空島の森の魔素は少し濃いけど魔境ほどじゃないから、魔境で鍛えた有翼人族であれば問題ないだろう。

僕がそう考えていると、ふいに大声が上がった。

「親父！　俺も狩りに行くぞ！」

バルト君である。

「……いや、バルトお前、ついこの前、魔物に怪我を負わされたばかりだろう」

「うっ！　今度は大丈夫だ！　そいつが狩りに行くなら、俺だって魔物を狩れるさ！」

心配するバルザックさんをよそに、バルト君はやる気になっている。

もともとこの天空島には野生動物が多く生息しており、そこに住む者は狩りをして生活を営んできた。古代文明時代の住民も有翼人族達も狩りをしてきたが——森が広がり魔物が溢れ出してからは、それもままならなくなってしまった。

「二百年前までは豊かな森の恵みのおかげで、儂ら有翼人族の生活は貧しくも安定したものだったというのにな……」

バルザックさんが懐かしむように口にする。

それなら森の魔物を間引き、ダンジョンコアの制御を取り戻せば、天空島は彼らにとって再び暮らしやすい地に戻るだろう。正常化したダンジョンコアにより、魔素の濃度も落ち着くはずだ。

カエデが、参加表明したバルト君に向かって言う。

「うーん、そっちのお兄ちゃんは危ないよ」

「そうだニャ、ミノムシはギリＯＫニャ」

「なっ！　おまっ⁉」

カエデに続いてルルちゃんにダメ出しされたバルト君が言い返そうとした時——彼は初めてカエデがいるのに気がついた。

「おまっ、おまっ……」

カエデは有翼人族が怖がらないように、気配を消して認識阻害の外套《がいとう》まで被り、隠密《おんみつ》スキルを使用していた。カエデに気がついていたのは、僕達パーティメンバーくらいだっただろう。

アラクネというＳ級の魔物を目にしたバルト君は気絶しそうになっている。一方、バート君は情けない顔をし、カエデに向かって手を合わせて震えていた。

「カエデさん、ミノムシはやめてください。お願いしますから……」

初めてカエデに会った時、糸でグルグル巻きにされたうえ吊り下げられたバート君は、カエデがトラウマになっているらしい。

「まあ、狩りの事はまたあとで考えるとして、今は食事を楽しみましょうよ」

僕がそう言うと、バルザックさんは顔を青くしながらも、なんとか冷静になろうとして頷いてくれる。

「あ、ああ、そうですな」

「兄さん、カエデ殿はイルマ殿の従魔だから安心していいぞ」

「そ、そうなのか？　あ、ああ、分かった」

バルカンさんに言われ、バルザックさんもようやく落ち着けたようだ。

有翼人族の女性や子供達はカエデにもすぐに慣れたのか、一緒になって食事を楽しみ始めた。

ベールクト達が一緒だったのがよかったのかもしれないな。

その日僕がワインを提供し、宴は大いに盛り上がり、夜中まで続いたのだった。

◇

翌朝、狩りと魔物の調査を兼ねて、僕達は森に足を踏み入れた。といっても、食料は僕のアイテムボックスにまだまだあるから、調査の意味合いが強い。

森の中を進みながら、僕はバルザックさんに尋ねる。

「遺跡の中心に、この島を浮かせているダンジョンコアがあるんですよね」

「はい。しかし儂ら有翼人族といえど、行った事があるのは遺跡中心部まで。そこから先に進み、ダンジョンコアを確認出来た者はおりません」

僕達のパーティは、案内してくれるバルザックさんを囲むようにして進行していった。

ちなみに、有翼人族達は森の上空を飛ぶ事はないらしい。空には、ワイバーンやグリフィンといった強力な魔物がいるわけではないが、好戦的な猛禽類系が出るので危険なんだとか。

「ハッ！」

ベールクトの繰り出した槍が、猿の魔物の喉《のど》を貫く。続けてバート君が放った矢が、猿の魔物の眉間に突き刺さった。

バルザックさんが驚きつつ尋ねる。

「……バルカン……お前の息子とあの少女はなんなんだ。どうして魔物に普通の矢が通じる？　少女の槍はいったい？」

実際、バート君もベールクトも戦士として見違えるほどレベルアップした。特にベールクトは、魔大陸で僕らが鍛えた有翼人族の中で一番の戦士になっている。

バルカンさんがバルザックさんに注意する。

「兄さん、大きな声で話さないで。魔物が寄ってくるぞ」

「あっ、ああ、すまない」

「でも、兄さんが驚くのも仕方ない。イルマ殿が私達を戦えるようにしてくださったんだ」

それからバルカンさんは、僕らが魔大陸で行ったパワーレベリングの話をした。バルザックさんが頷きながら呟く。

「……なるほど、魔境ですか。強力な魔物が跳梁跋扈《ちょうりょうばっこ》する地とは……想像出来ませんな」

「魔素が濃く、瘴気《しょうき》に汚染された魔境には、強力な魔物が多いんですよ」

僕がそう言うと、バルカンさんが続く。

「そういった魔物をイルマ殿達の助けを借りて斃《たお》し、レベル上げをしたのだ。バルザック兄さん達もやってもらえば、この森の魔物くらいなら狩りが出来るようになるぞ」

「おっ、おう、そ、そうか」

バルザックさんは話を聞きながら、頬を引きつらせていた。

そこへ、斥候《せっこう》に出ていたソフィアとカエデが戻ってくる。二人は森で目にしたという魔物の種類を教えてくれた。

「タクミ様、いるのは野生動物がほとんどですね。発見出来た魔物の種類としては、猿系、狼系、虎系、あとは蛇《へび》や蜥蜴《とかげ》です。ゴブリンやコボルトがいないのは幸いでしたね」

「ああ、アイツらは際限なく増えるからな」

「マスター、虫さんも少ないみたい」

「カエデもありがとうな」

「えへへぇーー」

この森は魔素が濃くないだけあって、魔物よりも野生動物の方が多いみたいだ。

ソフィアが報告してくれたように、ゴブリンやコボルトがいないのはラッキーだったな。アレは放っておくと爆発的に増えるから。あいつらのせいで土地がさらに侵《おか》され、魔境が拡大してしまうっていうのはよくあるんだ。

「魔物を間引いてダンジョンコアの制御を取り戻したら、開墾《かいこん》して農業も出来るようになるかもしれませんね」

「おお、本当なら嬉しいですな。狩りで獲れる動物や魔物を頼りにする生活は、どうしても不安定ですからな」

僕が言った事に、バルザックさんは喜んでいた。実際、狩猟生活って大変だろうしね。

僕はソフィアに声をかける。

「魔物の傾向も分かった事だし、この辺でいったん戻ろうか」

「そうですね。バルザック殿もお疲れのようですし、それがいいと思います」

僕達はまだまだ大丈夫だけど、バルザックさん達にはこれ以上無理はさせない方がよさそうだ。

調査結果として分かったのは、脅威《きょうい》となる魔物はいない、魔物の数は標準的な魔境に及ぶべくもない、という事。

野生動物の熊や狼に対抗出来るなら、問題なさそうかな。

別行動していたレーヴァによると、薬草の類《たぐい》はほとんど見つけられなかったらしい。薬草は魔素がある程度濃い場所に生えるので、この森で一定量確保するのは難しいみたいだ。

明日こそ遺跡の中心に向かおうと決め、僕達は適当に狩りをしながら洞窟へ帰った。

4　探索準備の準備

僕達の視線の先に、子鹿《こじか》のように足を震わせてなんとか立っている、ボロボロの青年がいる。

「なっ、なんで勝てねぇんだ……」

バルザックさんの息子、バルト君だ。

そのバルト君を一方的にボコボコにしたのが、バート君。

どうしてこうなったのかというと、きっかけはベールクトだった。

ベールクトに一目惚《ひとめぼ》れしたバルト君は、積極的にモーションをかけていた。ベールクトは、バルト君が天空島の有翼人族集落の族長の息子だからというのもあり、適当にあしらっていたが……キレたのがバート君だった。

三人で次のような言い争いがあったという。


「ベールクトは俺と一緒になるんだ！　ちょっかい出すな、この野郎！」

「……いや、一緒にならないよ」

バート君がバルト君に怒りをぶつけたところ、ツッコミを入れたのはベールクトである。そんな彼女に構う事なく、バルト君は言い返す。

「なんだと！　ベールクトさんには俺が相応《ふさわ》しい！　お前なんかと一緒にさせるか！」

「……いや、お前も嫌だからな」

「テメェ！　身のほどを知らせてやる！」

「おぅ！　望むところだ！　叩き潰してやる！」

「……コイツら聞きゃしねぇ」


バート君とバルト君の口喧嘩はやがて本気の殴り合いとなり――当然ながら僕達によるパワーレベリングを経験したバート君に軍配《ぐんばい》が上がる。

そういえば、バート君ってベールクトからソフィアに乗り換えたんじゃなかったっけ……

それはさておき、バルザックさんが謝ってくる。

「イルマ殿、愚息《ぐそく》が申し訳ない。これも儂の不徳《ふとく》のいたすところ。あとで責任持ってしっかりと言い聞かせておきます」

「いえ、気にしなくて大丈夫ですよ。バルト君と喧嘩しても、レベル差がありすぎてバート君が怪我する事もないでしょうし」

するとと、バルザックさんが意外な事をお願いしてきた。

「その事なのですが、儂らもバルカン達のように鍛えていただけないでしょうか？」

急にどうしたのかなと思ったけど、バルザックさんも危機感を覚えているみたいだ。天空島には強力な魔物がいないとはいえ、熊や狼でも彼らには強敵だし。

「……そうですね。バルザックさん達の地力が上がるのは、これから天空島で暮らすのにもプラスですからね。分かりました。準備が必要なのですぐにというのは無理ですが、遺跡の探索と並行して訓練しましょう」

「ありがとうございます、イルマ殿。今では狩りをするのも命懸けですからな。特に若い者が犠牲になるのがやりきれません」

「この際、皆さんの装備も含めて面倒を見ますよ。考えている事もあるので、数日待ってください」

バルカンさん達には特製の装備を作ってあげたから、バルザックさん達にあげないのは不公平だよね。

僕とバルザックさんが話していると、それを聞いていたソフィアが声をかけてくる。

「タクミ様、パワーレベリングをするという事は、魔大陸とここを繋ぐのですか？」

「うん。またソフィア達にも協力してもらわないとダメだけど、お願いね」

魔大陸の拠点には、孤島の有翼人族達を残したままだ。彼らを移動させる必要があったから、どっちみち天空島にゲートを設置する予定だったんだよね。

ベールクトが僕のところに駆けてきて言う。

「タクミ様、同胞を鍛えるの、私にも手伝わせてよ」

「別にそれは構わないけど、喧嘩はダメだよ」

「大丈夫だよ。私は弱い者イジメはしないから」

ちなみにバルザックさん達のパワーレベリングは、ソフィアとマリアに任せるつもりだ。僕とレーヴァとアカネは、彼らの装備製作で手一杯になるだろうからね。

遺跡の探索と並行して進める予定だったけど、しばらくバルザックさん達の強化にかかりっきりになりそうだな。

別に僕達だけならすぐにでも行けるだろうけど、バルカンさんやバルザックさん達が同行するなら、しっかりと準備してからじゃないと。

僕はふと思いついて、ベールクトに尋ねる。

「と、それでバート君は大丈夫なの？」

「ああ、アイツは私がシメといた」

「あ、ああ、そう……」

ベールクトが向けた視線の先には、バルト君以上にボロボロになったバート君が転がっていた。

そんなバート君を、カエデとルルちゃんが集落の子供達と一緒になって木の枝でつついている。

「ツン、ツン」

「ツン、ツンニャ」

「キャハハハハッー、ツン、ツン」

うん、見なかった事にしよう。

◇

「……さて、ゲートを設置する部屋を作るね」

山の中腹の洞窟に戻った僕は、ゲート設置場所の選定をする事にした。その前に、洞窟に手を加えなきゃダメかな。

「まずは洞窟の壁面と天井を強化しよう」

「崩落防止《ほうらくぼうし》ですね」

「うん、かなり硬い岩盤みたいだけど、念には念を入れてね」

洞窟の拡張とゲートの設置をするため、洞窟の入り口から壁面の硬化を施していく。崩れる恐れのある場所は、形状を変えてから硬化していった。

この山は火山じゃないし、天空島には地震がないらしいので、ガチガチに強化しなくても崩落の心配はないだろう。

「ついでだから煙突代わりの穴を開けて、換気の魔導具も設置しておこうか」

「そうですね。有翼人族達は時折、風属性魔法を使って換気していたそうですが」

「洞窟の中にキッチンがあると大変だもんね」

ちなみにバルカンさん達は今後、バルザックさん達と一緒にこの洞窟群で暮らすそうだ。確かに森で暮らすよりは断然安全だからね。だけど、森の安全が確保出来るようになったら、古代遺跡を復興して住むのも面白いと思うんだけどな。

それはさておきこの際だから、今ある洞窟の拡張もやってあげる事にした。新たに倍の数の洞窟を掘った。

それに加えて魔大陸の拠点と繋ぎ、有翼人族にはそっちの管理も頼む。

魔大陸の拠点はバルカンさん達にとっても、魔物を狩って食料にするためとレベル上げに便利だと思うんだよね。

5　ボロゾウキンとミノムシ

「ハァ、ハァ、ハァ、ハァ」

天空島とは比べものにならないほど濃い魔素の中を、俺、バルトは肩で息をしながら必死で走っている。

なんなんだコイツら、女子供じゃないのかよ。

絶え間なく襲いかかる魔物を、鼻歌混じりに葬《ほうむ》っていやがる。俺はその後ろを、置いていかれないように死に物狂いでついて行っている。

俺が連れてこられたのは、魔大陸にある魔境の一つらしい。

魔境とは、魔素の濃度が高い場所の事だと教えられた。そして、魔素が濃いというのは、そこには魔物が多く生息している事なんだとか。

天空島にいるような魔物を想像していたけど――「なんだその程度、ちょっと頑張れば平気だ」なんて思っていたあの時の自分を怒鳴りつけてやりたい。

こう言っておくべきだったのだ。

「魔境になんて、行っちゃダメだ！」と……

「キシャァーー‼」

「ヒッ！」

疲労困憊《ひろうこんぱい》で足を引きずるように歩いてた俺目掛け、木の上から冗談みたいな大きさの蛇の魔物が飛びかかってくる。

蛇の魔物が大きな口を開けて襲いかかるのを、逃げる事も出来ない俺は目を瞑《つむ》り、ただ悲鳴を上げてしゃがみ込んだ……

アレ？　襲ってこない？

助かったのか？

俺が怖々と目を開けると、視界に映ったのは――巨大な狼だった。

「グルルゥ」

「……」

バタンッ！

「あっ！　おーい！　バルトが気絶したぞー！」

「フェリルやめなさい。そんなの美味しくないわよ」

薄れゆく意識の中で、周りがそんな事を言っていた気がした。

◆

「はっ！　ど、どうなった！」

俺は身体を起こして怪我がないか確認する。その時、嫌な野郎の声が聞こえた。

「おぅ、やっと起きたかボロ雑巾《ぞうきん》」

「誰がボロ雑巾だ！」

そう、こいつはバルカン叔父《おじ》さんの馬鹿息子バートだ。

俺と同い年のはずだが、憎らしい事にコイツは俺よりもはるかに強い。思いっきり手加減されてボコボコにされたからな。それは認めたくないが、事実だ。

だけど、俺が奴よりも劣っているなんて、そんな事許せるか！

俺がバートと睨み合っていると、鈴の音のように可憐な声が割って入ってきた。

「ちょっと！　魔境の中で喧嘩しないでよ！」

「チッ、ベールクトは関係ないだろ！」

「あ、あ、ベールクトさん」

バートは勢いよく言い返したが、俺はその子を見てドギマギしてしまう。

女の子の名はベールクトさん。

顔は小さく、体型はスレンダー。それでも女性らしく出るところは出て、引っ込むところは引っ込んでいる。何より白く輝くような翼が美しい。汚い茶色の馬鹿バートの翼とは大違いだ。

ベールクトさんが俺に優しく声をかけてくれる。

「大丈夫バルト君？　歩ける？」

「はっ、はい、大丈夫です！」

「ベールクト、こんな奴、気にかける事ないぞ」

「こんな奴とはなんだ！」

俺とバートが再び睨み合うと——どこか見覚えのある巨大な狼が突っ込んでくる。

「ガァウゥ‼」

「「ヒッ！」」

ベールクトさんが喧嘩しそうになった俺達を叱りつける。

「ほら、フェリルちゃんが怒る前にやめときな」

続いて人族の女、確かアカネとかいった奴がやって来た。

「フェリル、行くわよ」

「ウォン」

巨大な狼の魔物は、あの女の従魔だったらしい。人族ってのは女でもあんなバケモノを従えているものなのか……

それはさておき、なぜ俺がこんな目に遭っているのか。

親父があのイルマとかいうガキに、あろう事か、誇りある有翼人族である俺達の訓練を頼み込んだからだ。

その結果、こんなところに連れてこられちまった。

天空島の洞窟を勝手に魔法で弄《いじ》り始めたアイツは、ゲートとかいうヘンテコな魔導具の部屋を作った。さっそくそれを使って、奴が魔大陸で拠点としている場所に俺達は連れてこられたわけで……

いや、意味が分からねぇ。

ゲートってなんなんだよ！　ここどこだよ！　魔大陸ってなんだよ！　俺はさっきまで天空島にいたんじゃないのかよ！　天空島の外はみんなこんななのかよ！

俺は、あまりの急展開に精神が崩壊寸前だった。

まあ、ショックな事は他にもあった。

魔大陸の拠点で、二百年前に別れたという同胞達と再会したんだが、女子供や年寄りは別にして、全員が俺達天空島組よりもずっと強かったんだ。

さらにショックだったのは、俺がボロボロに負けたあのバートの野郎が、その中でも一番弱いと知った事だ。

あれは、俺と同じくらいの年齢の奴に聞いた時だった。

「へっ？　バート？　アイツは一番弱いぞ」

「えっ⁉　ウソだろ……」

「何々、どうしたの？」

「ああ、ベールクトか、いやコイツがバートがこの中でどのくらい強いのか聞いてきたんで教えてただけだぜ」

「ミノムシはドンケツだよ」

「ミ、ミノムシ……ミノムシにボロ雑巾にされた俺って……」


だいたいここは異常なんだよ。

ちなみに、俺達天空島組を引率しているのはエルフの女戦士。コイツは怖いから近寄れない。

それと、人族の少女が二人。

一人は魔槍《まそう》を持ち、魔物を蹂躙《じゅうりん》していた。イルマって奴のメイドじゃなかったのかよ。

もう一人はあの馬鹿でかい狼の主人。魔法職なのか、魔法メインで戦っていた。お願いだから、その狼を俺から遠ざけてくれ。

「ボロ雑巾、早く行くニャ」

そしてコイツはなんなんだ。

猫人族の子供のくせに、なんで俺よりずっと強いんだ。確かルルと言ったか。あの狼の女主人の従者だと言ってたと思う。

俺は重い体に鞭《むち》を打って立ち上がると、親父や仲間のあとを追う。

どうしてこうなった……

6　住環境の改善と探索開始

僕とレーヴァで、バルザックさん達の装備を作る事になった。

彼らの装備はお世辞《せじ》にも優れているとは言えなかった。

魔物と戦わずにひっそり暮らしていたからだろうが、このままだとパワーレベリングに危険が伴う。

今も魔大陸でパワーレベリングしてもらっているけど、引率しているソフィアには、バルザックさん達に戦闘をさせず、トドメを刺させてレベルアップしてもらうように頼んである。

その間に、武器と防具を仕上げてしまおう。

防具は革鎧がいいだろう。空を飛ぶのには重い金属鎧では無理だからね。武器はバルカンさん達に渡したのと同じ槍と弓を人数分作る。

カエデにはいつもの鎧下をお願いした。カエデの作る鎧下は、下手な鎧よりも防御力が高いからね。

そんなこんなで、天空島の有翼人族達の装備が一通り完成した。終わってから、レーヴァとカエデは彼らのパワーレベリングに参加しに行った。

◇

「ねえねえ、お兄ちゃん、何を作ってるの？」

「えーとね、お水が出る魔導具とおトイレだよ」

一人残って作業している僕に、有翼人族の子供が興味津々《きょうみしんしん》で話しかけてくる。

バルカンさんの集落もそうだったが、ここの集落も子供の数は多くない。二つの集落が合流すれば少しマシになると思うけど、それもたかが知れているだろう。

ゲートを設置し、新しい洞窟を追加したものの、この集落にはトイレがなかった。また、水は大きな甕《かめ》に溜めて使用していた。

そうした環境を改善するため、僕は魔導具を作ってあげる事にした。

これまで水をどう調達していたかというと、水属性に適性がある人が魔法で甕《かめ》に水を入れていたそうだ。

それだと大変すぎるので魔物が駆逐出来たら湖や川の近くに移住するのはどうですか？　と提案したら、高い場所で暮らすのは有翼人族の性《さが》だとバルザックさんに言われた。

不便でも高いところの方が落ち着くらしい。そういえば、魔大陸の拠点でも有翼人族達は上の階にある部屋を使っていた。遺跡の街を復興して安全が確保出来れば、そうしたこだわりも少しは変わるかもしれないけど。


「よし、水の問題はこれで大丈夫だな」

水の魔導具の設置を完了すると、子供達が水の魔導具を興味深そうに見ている。子供の一人が尋ねてくる。

「ここからお水が出るの？」

「そうだよ。ほら、ここに手を当てて、押してごらん」

僕は小さな子供の手を持って、水の魔導具にその手を当ててあげる。

「わぁ！　お水が出てきた！」

「ねえねえ！　私もやる！」

「僕にもやらせてー！」

「ハイハイ、順番だからね」

子供達が水の魔導具に集まって水を出して遊ぶのを見て、いかに娯楽が少ないかが分かる。まあ

魔導具が珍しいというのもあるんだろうけどね。

この魔導具は、魔晶石《ましょうせき》に魔力を充填するだけで使える。

普通は燃料として魔晶石ではなく魔石を使うんだけど、それだと内包する魔力がなくなると魔石を交換する必要がある。ゲートで繋がっている魔大陸に行けば魔石が確保出来るだろうけど、天空島の有翼人族には危険だ。

だから魔力を充填出来る魔晶石にしたというわけだ。魔晶石は僕の自作だから、たいした手間じゃないしね。

まあそれもパワーレベリングが終われば、彼らが魔石を確保するのも簡単に出来るようになるだろうけど。

僕はすべての洞窟に水の魔導具と、浄化魔導具付き便器を設置していった。

水の魔導具から出た水を排出する下水路を作り、下水路には浄化の魔導具を設置した。浄化魔導具付き便器と合わせて、これで衛生状態はかなり向上するだろう。


「よし、次はアレを作らないとな」

その後、僕は住居用の洞窟が並ぶ少し下に、大きな洞窟を掘り始めた。

崩落しないように念入りに固め、表面にあらかじめ用意しておいた珪藻土《けいそうど》を錬成して、壁面を仕上げる。

「湿気対策は大事だからな」

床は入り口から途中まで、珪藻土入りのタイルを貼り付けていく。

四つの大きい部屋を作り、手前の二つの部屋には壁面と床に珪藻土を使用する。奥の二つの部屋の壁面と床は、水を弾くよう加工した石を使った。

「こんなもんかな」

僕がわざわざ一日かけて作ったのは、公衆浴場だ。

男性用の浴室、女性用の浴室、脱衣所も男女別に用意してある。

天空島の有翼人族にも孤島の有翼人族にも、入浴という習慣は基本的にない。濡らした布で身体を拭くか、川で水浴びをする程度だ。どちらにしてもそれほど頻繁にしていないので、お世辞にも清潔が保たれているとは言えなかった。

「でも、嫌いってわけじゃないんだよな」

バルカンさん達も魔大陸の拠点に作った大きなお風呂にはまって、今では入浴が習慣になっていた。翼に艶《つや》が出たと喜んでいるようだ。

身体を清潔に保つ事は、健康的な生活を送るうえで大事だからね。

◇

僕が天空島の洞窟を整備している間、ソフィア達は天空島の有翼人族達のパワーレベリングを敢行していた。

その結果、有翼人族達はある程度戦えるレベルと、スキルを身に付けた。

なので、天空島の魔物の間引きと古代遺跡の調査をそろそろ始めるはずだったんだけど……


「俺も連れていってください！」

「いや、俺が行くべきだ！」

「「何を！」」

何度か見た例の光景が、僕らの前で繰り広げられていた。

発端は、探索メンバーを決める時。

僕達のメンバーからは、僕、ソフィア、マリア、カエデ、そして遺跡に興味があるレーヴァの五人とすぐに決まった。

アカネとルルちゃんは、聖域の屋敷でミーミル王女とお茶会があるんだそうだ。いつの間にエルフのお姫様と仲良くなったんだか。

次に有翼人族から、魔物が溢れる以前の森を知っているバルザックさん、女の子だけど屈指の実力を誇るベールクト。

あとプラス一人くらいで遺跡を目指そうと話していたら、その残り一人の枠を争ってバート君とバルト君が殴り合いを始めたのだ。

「俺は次期族長なんだぞ！」

「ふざけるな！　俺が次期族長だ！」

ドガッ！

「ウッ！　テメェ、殴りやがったなぁ！」

バキッ！

「グッ！　この野郎ー！」

確かに二人とも長の息子ではあるけどさ。

ソフィアとカエデがため息混じりに言う。

「実力でいえば、底辺を争ってるんですけどね」

「まだミノムシの方が少し強いよ」

ソフィアの意見は辛辣《しんらつ》だし、カエデのはフォローにもなってないよ。

二人の父親であるバルカンさんとバルザックさんが、僕達に向かって同時に頭を下げてきた。

「重ね重ね、申し訳ございません」

「いや、バルカンさんとバルザックさんのせいじゃないですし」

なんだかなぁ……バート君もバルト君も悪い子じゃないんだけど、二人が一緒になると揉めるんだよな。

バート君とバルト君の泥試合《どろじあい》のような喧嘩は放置しといて、今日の探索の方針をバルザックさんに伝える。

「まあ、あっちは放っておくとして、今日の探索なんですけど、遺跡の調査をしながら、ダンジョンの入り口を見つけるのを目指そうと思っています」

「それで問題ないです。儂らではこの森の魔物でさえも強敵でしたが、それもこの何日かの魔物狩りと、イルマ殿からの装備のおかげで、ついて行くだけなら大丈夫になりましたし」

なお、バルカンさんには洞窟に残ってもらい、洞窟周辺の魔物を無理しない程度に間引いてもらう事になっている。

「最短距離でダンジョンの入り口がある遺跡の中心部まで行くとしたら、どのくらいかかりますか？」

「そうですね……儂らが足を引っ張る事を考慮して……半日程度で到着出来ると思います」

半日か。足場の悪い森を行くわけだけど、今から出発すればお昼を少し過ぎて、夕方になる前には着くだろうな。

順調に出発出来ればだけど……

僕はため息を吐きつつ、バート君達に視線を向ける。喧嘩は終わったみたいだが、バルト君はこの間みたいにボロ雑巾となって転がっていた。

「はぁ、バート君、喧嘩はダメだよ」

「……ハァハァ、お、俺が悪いんじゃないぞ！　逆らったコイツが悪いんだ！」

「……」

バート君は肩を上下に揺らし、荒い息を吐きながら、不貞腐《ふてくさ》れた態度で僕に文句を言う。言ってる事は、いじめっ子と変わらないからね。

「とりあえず今回は、バート君もお留守番だね」

「なっ!?　なんでだよ！」

出発前に殴り合いする人なんて連れてはいけないよ。バート君にそう告げると、バート君は訳が分からないと噛みついてくる。

そんな彼を宥《なだ》めつつ、僕はちょっと意地悪な事を言ってみる。

「いや、バート君もボロボロだしさ。っていうか、バート君って実力的に下から数えた方が早いよね」

「グッ、そんな事ない！　天空島の奴らよりも俺は強い！」

「いや、バート君怠《なま》けているから、だいぶ抜かされているよ」

「グッ……」

実際問題、天空島組の優秀な人はすでにバート君を超えているんだよね。バルカンさんの手前、さすがにハッキリと底辺を争っているとは言えなかったけど。

すると、ムッとした顔のバート君が命令してくる。

「アンタ、回復魔法使えるんだよな。俺に使えよ！」

ゴンッ！

我慢の限界を超えたバルカンさんのゲンコツが、バート君の脳天に直撃した。

「イルマ殿申し訳ない。愚息は私が責任持って監視しておくので、探索の方は頼みます」

「は、ははっ、分かりました」

気絶したバート君は、バルト君と一緒にズルズルと引き摺られていった。僕は苦笑いしつつ、バルザックさんに告げる。

「さあ、出発しましょう」

「……そうですな」

出発前にゴタゴタしたけど、なんとかやっと探索を始められそうだ。

7 古代文明遺跡

歩きにくい森の中を、僕達はしっかりとした足並みで、まるで平地を歩くように進む。僕は隣を歩くソフィアに言う。

「この森は、かなり長い年月をかけて広がったんだろうね」

「そうですね。古代文明は、五千年以上前に突然姿を消したと言われています。長命のエルフでも、当時の事は文献でしか知りません」

バルザックさん達が住んでいた山側は古い森になっていた。その様《さま》はまるで、太古《たいこ》の原生林のようだ。

僕らは、バルザックさんが遅れないように少しだけペースを落とす。バルザックさんは疲れたみたいで、時折低空飛行していた。

有翼人族の翼は、飛行する際に補助的な役割しか果たさない。それでもこういう使い方が出来るのはさすがだと思う。わずかな魔力消費で、跳ねるように短い飛行を繰り返しているのだ。

僕は後ろを振り向き、バルザックさんに向かって告げる。

「バルザックさん、少し休みましょうか」

「助かります。私は年寄りですから、深い森を行くのは大変です」

「無理する必要はありません。のんびり行きましょう」

ゆっくり進んだつもりだったけど、ちょっとペースが速かったかな。

バルザックさんは見た目が若々しいのでいつも忘れてしまうが、人族の寿命の何倍も生きている。

少し配慮が足りなかったかも。

僕はその場に、使い捨ての簡易結界魔導具を設置すると、休憩を取る事にした。

バルザックさんには簡単な特訓しか出来なかったから、魔物との戦闘をしながら進むのはキツかったかもしれない。

まあ戦闘してたのは、主にカエデと張りきるベールクトだったけど。

疲れた身体を休めるバルザックさんが、元気いっぱいのベールクトを見て感心している。

「ふぅ、ベールクトはまだまだ元気だな」

「バルザック族長、私は何度もタクミ様達と魔境で魔物を討伐してきたから、このくらいなんでもないぞ」

ベールクトは僕に懐いているから、僕達が魔境で魔物を討伐する時はいつも参加していた。そのせいもあって、彼女は有翼人族の中で一番の実力者になっている。ソフィアやマリア達にも可愛いがられているしね。

「タクミ様、お茶をどうぞ」

「ありがとう、マリア」

僕はマリアから渡されたお茶を飲み、改めて周囲を見回す。

こんな太古の原生林の中を行くのは、貴重な経験だ。日本の白神山地の原生林もこんな感じなのかな。

そんなふうに思ってしまうほど、この探索は僕達にとって観光気分だったりする。

十五分くらい休んだあと、バルザックさんも少し回復したみたいなので探索を再開する事にした。

時折襲いくる魔物を討伐しながら、真っすぐ遺跡へ進む。

木々が細くなってきた。苔《こけ》むしてフカフカのカーペットの上を歩いているようだった地面が、硬い感触に変わる。

僕はソフィアに話しかける。

「森の様子が変わってきたね」

「それでも十分鬱蒼《うっそう》とした森ですけどね」

バルザックさんの先祖がこの島に住み着いた時には、すでに遺跡は森に呑まれていたという。

当時は脅威になる魔物がいなかったので、遺跡の調査は行われ、ダンジョンコアを利用した天空島の浮遊装置は確認されていたらしい。

そろそろ中心部に近づいてきたという頃、ソフィアが足元の変化に気づいた。

「あっ、これは人工物ですね」

「ほんとだ。風化してボロボロだけど、高い技術で加工されているのが分かるね」

そこには、遺跡の一部が姿を見せていた。

植物の蔓に覆われているが、切り出された石が隙間なく組み合わされているのが分かった。

僕は地面の上にある土を、慎重に取り除く。

「石畳か。僕が作った聖域の道と比べても遜色《そんしょく》ない出来だ」

そこには、何千年も前の物とは思えない、立派な石畳があった。

バルザックさんは周りを見渡すと、何か思い出したように言う。

「……この辺りの風景は覚えています。ダンジョンの入り口までは、このペースなら二時間ほどで着くでしょう」

「そうなんですね。だったら、遺跡の調査はあと回しにして、ダンジョンコアの確認までしちゃいましょうか」

「そうですね。コアさえ直れば、森も安全になるでしょうし」

ダンジョンコアの不具合が解消されれば、ダンジョンから魔物が溢れる事はなくなるだろう。

ちょっと忘れていたけど、今も暴走している天空島を覆う暴風の結界も落ち着くかな。

◇

僕達はバルザックさんの記憶を頼りに、ダンジョンの入り口に向かった。中心部に近づくほど、建物の残骸が多くなっていく。

やがて緑に侵食された廃墟《はいきょ》の中に、三階建てくらいの建築物が見えてきた。メキシコのティオティワカンにあるピラミッドのようだ。

バルザックさんが指を差して告げる。

「イルマ殿、あの建物がダンジョンコアへの入り口となっています」

すぐ側まで近づくと、その建物は特殊な魔法を施されているのが分かった。魔法で経年劣化を防いでいるのかもしれない。

「……すごいですね。何千年前の建物か分からないけど、ほぼそのまま残ってるなんて」

僕がそう言って感心していると、ソフィアとマリアが声をかけてくる。

「タクミ様、入り口に結界を張って魔物が出てくるのを止めましょう」

「そのあと、夕食にしましょう」

「そうだね、了解。僕が結界の準備をするから、マリアは夕食の準備をお願い」

「じゃあカエデは、周りの魔物を狩って来るねー！」

カエデはそう言うやいなや、あっという間に森の中へと消えていった。


軽い休憩を挟み、いよいよダンジョンアタックする事になった。

「じゃあ、僕とカエデが先頭で、バルザックさんを真ん中に、その横にベールクト、反対側にマリア、最後尾にソフィアで行こう」

「「はい」」

ダンジョンの入り口へと足を踏み入れると、さっそくカエデが気づく。

「ねえマスター、ダンジョンなのに魔素が薄いよ？」

「本当だね。魔物が小物ばかりなのもそのせいかな」

そんなに多くのダンジョンに潜ってきたわけではないけど、これまで経験したダンジョンとは比べ物にならないくらい魔素が薄いのが分かる。

ダンジョンに出現する魔物は魔素から生み出されるので、基本的にダンジョンの中は魔素が濃いはずなんだ。

ただこれは、僕達が経験したダンジョンが、魔大陸のドラゴン系が出没するようなものが基準であるため、普通のダンジョンというのが分からない。他には邪精霊《じゃせいれい》のダンジョンとかだからね。

「コアの制御を完全に失くしたわけじゃなさそうですね」

「それはそうだろうね。完全に制御を失うと、天空島は地上に落下するだろうから」

ソフィアの推測に頷き、間に合った事に少しホッとした。


マッピングしながらダンジョンを進む僕達に、時折魔物が襲いかかる。

ダンジョン以外でなら僕達を見つけたら逃げ出す程度の魔物でも、ここでは積極的に襲いかかってくるようだ。どのみち魔物は殲滅《せんめつ》するつもりだったので、向こうから来てくれるのは楽でいいけどね。

「マスター、カエデだけでこの階層の魔物やっつけていい？」

「うーん……そうだな。カエデなら僕達とどれだけ離れていてもはぐれる事はないだろうし、うん、行っといで」

「はーーい！」

面倒になったのか、それとも弱すぎる魔物に退屈したのか、カエデが魔物を殲滅したいと言い出した。このダンジョンに出現する程度の魔物なら、カエデに危険はないので好きなようにさせる。

カエデを見送ったあと、僕らは今いる階層を丹念に調べていった。バルザックさんは、先祖からダンジョンの様子を伝えられていたらしい。

「もう千年以上昔の話です。魔物が溢れる以前ですから、構造が変化しているかもしれませんが、建物の見た目通り三階層の小規模な作りだったと聞いています」

「二百年でどのくらい変わっているかですが、たぶん大丈夫だと思いますよ」

ダンジョンは見た目とその内部構造が同じとは限らない。

でも、ダンジョン内の魔素の濃度を考えれば、ダンジョンが育っているとは思えない。階層に変化があったとしても、大きなものではないだろう。


カエデが魔物を殲滅してくれたので探索は順調に進んだ。

僕の予想通り、作りは三階層のままだったようだ。三階層の最奥、僕達の目の前に、ボス部屋に続く扉がある。

「進まない事には始まらないか」

「ボスがポップしたとしても、たいした魔物じゃないでしょうしね」

「タクミ様、早く開けちゃいましょうよ」

「油断は禁物《きんもつ》だよ」

緊張感のないソフィアとマリアにそう注意しながらも、僕自身危険を感じていなかった。

「じゃあ開けるね」

僕とカエデを先頭に、扉を開けてボス部屋に飛び込む。僕達全員が部屋に入った瞬間――魔素が集まり魔物が出現した。

「……って、キラーエイプ五匹か」

「マスター、とりあえず拘束するね」

出てきたボスが魔大陸の魔境なら雑魚に分類されるキラーエイプだったので、ガッカリ感がハンパない。カエデはベールクトに経験値を稼がせるため、サッサと五匹のキラーエイプを糸で拘束した。

「……えっと、ベールクト、トドメをお願い」

「なんか悪いな、カエデちゃん」

ベールクトはなんとも言えない表情をしながら、糸で拘束されて身動きが取れないキラーエイプにトドメを刺した。

バルザックさんが僕に声をかける。

「イルマ殿、この部屋までは儂らの祖先はたどり着いたのです」

「この先には進んでいないんですか？」

ボス部屋の先に、別の部屋へ続く扉があった。おそらくダンジョンコアのある部屋に繋がっているのだろう。

バルザックさんが僕の質問に答える。

「はい、以前は魔物も出現していなかったので、祖先もここまでは調査に来られたらしいのですが……この扉は開けられなかったと伝えられています」

「へぇー」

バルザックさんが扉に手をかけるが、うんともすんとも言わない。

その後、カエデ、ソフィア、マリア、ベールクトが試すも扉に変化はなかった。イラッとしたのか、ソフィアが尋ねてくる。

「壊しますか？」

「ちょっと待って、僕にも調べさせて」

ソフィアを慌てて止め、僕は扉に手を伸ばす。

「うーん、どういうカラクリなんだろう」

僕が扉に手を触れたその瞬間――扉が光ったかと思うと、どこからか電子音のような声が聞こえてきた。

《DNAパターンノ解析完了。ヒューマン種ト確認シマシタ。ロックヲ解除シマス》

扉が、ゴゴゴォォという音を立てて開く。

「……開いたね」

「……開きましたね」

「マスター、すごーい！」

「……まあ、開いたんだからよしとしようか」

どうして僕にだけ反応したのかよく分からない。

人族だけに反応するのかな。

気になるけど、でも今はコアの確認を優先しなきゃと思い直し、恐る恐る扉の先へ進んだ。

8　制御室

部屋の中は、普通のダンジョンとは違う光景が広がっていた。

この言い方がよいのか分からないけど、正しく制御室だった。5メートル四方の小さい部屋で、真ん中に巨大な丸い石が鎮座《ちんざ》している。

通常ならダンジョンコアは剥き出しで置かれているだけだけど、ここのコアは機械的な装置に囲まれていた。

島を浮かしている装置なんだろうか。

「これはなんでしょうね？」

ソフィアがそう言って触っているのは、腰くらいの高さの台座に斜めに備え付けられた半透明のガラスの板。

まるでタブレットＰＣだ。

「入力端末かな……おっと！」

ソフィアに代わって僕がそのガラス面に手を触れると、半透明の板が光った。

「なっ!?　私では反応しなかったのに！」

それから、僕の手のひらを光のラインがスキャンするように走り、文字の羅列《られつ》が現れた。

《遺伝情報スキャン。ヒューマン種ト確認シマシタ。管理者ト認識、登録シマシタ》

「あっ！　何か文字が出ましたよ！」

横から覗き込んでいたマリアの言葉に、僕は首をかしげる。

あれ？　普通に読める。

確かにノルン様に大陸共通言語の読み書きは出来るようにしてもらったけど、なんだか不思議な感じだ。

よくよく思い返せば、この世界に来てから言葉で困った事はなかったな。一般的な大陸共通の言語以外にも、古代のエルフ文字や古代語の書籍を図書館で何も考えずに読んでたし。

板の操作は、元日本人だった僕には簡単なものだった。というのも、タブレットそのままだったのだ。

タブレットにちょっと触ったら、不具合がある箇所を教えてくれた。

「……原因が分かったよ。修理だけならすぐに済みそうだ」

「おおっ！　誠ですか！」

バルザックさんが目を輝かせて喜ぶ。

「……しかしすごいな、図面ですべて分かるようになってる……うん、これなら手持ちの素材で応急処置出来そうだ」

コアから魔力を抽き出す装置には、何本ものラインが繋がっている。そのうちの一本が経年による劣化なのか分からないけど、不具合を起こしたようだ。

ラインに使用されていたのは、魔力伝導率の高いミスリルの合金。劣化した部分を交換しようかなとも考えたけど、もっとお手軽な方法を選ぶ事にした。

僕はアイテムボックスから少量のミスリルを取り出すと、不具合のあるラインに直接手を添えた。

「錬成！」

手の中のミスリルが消え、ラインが補修されていく。

その後、僕はタブレットを操作し、不具合が解消されたのを確認した。見守っていたみんなに声をかける。

「うん、大丈夫みたいです。これでこのダンジョンコアは魔物を生み出す事はないでしょう」

あとは、今いる魔物を駆逐するだけだ。

森の魔物をすべて一掃するのは現実的ではないけれど、危険な魔物だけを間引いておけば、あとは有翼人族達で対処出来るだろう。

「じゃあカエデが、ダンジョンの中の魔物を全部やっつけてくるねー！」

「あっ！　私も手伝います！」

カエデとベールクトがダンジョンの魔物を請け負ってくれる事になった。僕はベールクトのフォローを頼むため、マリアに声をかける。

「マリアにもお願いしていいかな」

「任せてください。じゃあ行こうか、ベールクトちゃん」

「はい、マリアさん！」

マリアが先頭に立ち、元気よく出ていった。

僕は改めてタブレットに向き合う。

この部屋は見た目通り制御室だったようだ。このタブレットで、気候の制御、結界の維持、高度の調節などをコントロールするらしい。

大きな不具合があったのは、天空島の姿勢制御に関わる箇所。そのせいで、天空島は糸の切れた凧《たこ》のように移動していた。

それに加えて結界にも異常があった。そういえばウラノスを空中分解させるほどの暴風になっていたんだった。

結界を調整して、天空島を隠す程度の雲状にする。そのうえで、ゆっくりと回転するように設定した。

タブレット上で各機能を確認し、他にもメンテナンスの必要がないかチェックしていく。ダンジョンコアの魔力を増幅する装置もモニタリング出来るらしい。

そのおかげで、不具合を手早く修理する事が出来たんだけど……

9　プロジェクト開始

「皆さんにご相談があります」

いったん有翼人族の集落がある洞窟群に戻った僕は、バルザックさんやバルカンさんを含めて、話し合いの席を設けた。

古代文明の遺跡ダンジョンを攻略したのはよかったんだけど――

僕はため息混じりにみんなに告げる。

「ダンジョンコアを制御する装置にあった不具合は解消されましたが、新たな問題が発覚しました」

天空島を浮かせているコアはS級ダンジョン並みだと分かったんだけど、それと同時に、魔力が枯渇《こかつ》しかけていた事が判明したのだ。

その理由を説明すべく、僕は天空島の歴史についての推測を話す。

古代文明が栄えた時代よりさらに前、天空に浮かべられる前のこの土地には、すでに多くの人々が暮らしていた。

当時、ここは高い濃度の魔素に覆われており、S級ダンジョンと強力な魔物が存在する魔境だった。

僕の話を聞いていたバルザックさんが声を上げる。

「いや、お待ちください。我らの祖先がこの地にたどり着いた頃には、森には魔物といえば子供でも対処出来る程度がいただけですぞ」

「そうでしょうね……」

古代文明の叡智《えいち》によって、S級ダンジョンは上手くコントロールされるようになり、ダンジョンコアは魔物を生み出さないようになった。

またそれだけでなく、そのエネルギーは強制的に利用されるようになる。

それが、天空島の始まり。

コアの魔力は、島を浮かせるだけでなく、結界、気候の制御にも使われた。

どうやら、僕も多用する周辺の魔素から魔力を充填する仕組みを、古代文明時代の人達はもっと効率よく使っていたらしい。すごいね、古代文明の人達。

「ちょっと話が逸れますが、そもそも何のために島を浮かべたのでしょうね」

不思議だったんだよね。古代文明時代の人達が、どうして住みやすい環境を棄てて空に島を浮かべたのか。

天空島は空を飛ぶ高い魔素濃度の塊《かたまり》だ……寄ってきただろうな、ワイバーンをはじめとする竜種が。

僕は独り言のように口にする。

「……遺跡を詳しく調べてみないとハッキリとは言えないか」

最初この天空島に上陸した時は、脅威となる魔物もいないし、いいところだなーと思ったんだけど、そんな平和な場所でもなかったようだ。

「話を戻しますね。結局、徐々に土地の魔素濃度が薄まり、強力な魔物が棲める環境じゃなくなり、この島から姿を消しました。どれくらいの年月がかかったのかは分かりませんけど」

「そ、それで、どんな問題が……」

何千年もの長い年月が経ち、第一級の魔境だった土地の魔素が薄まっていき、溢れ出す量と消費する量のバランスが崩れてしまった。

「少なくても数百年間、魔力の収支がわずかながらもマイナスの状態が続いた。その影響が、いつ出始めてもおかしくない状況になっています。つまり、天空島が落ちるかもしれません」

「なっ⁉ そ、それは！」

「‼……」

バルザックさんとバルカンさんの顔色が蒼白になる。バルカンさんが僕にすがりつくように聞いてくる。

「な、なんとかならないのですか」

「……有翼人族の皆さんの協力が必要ですが、方法がないわけではありません」

「私達に出来る事ならなんでもします。お願いします。私達の故郷を助けてください」

「……分かりました。準備に少し時間がかかりますけど、最低限、天空島が空にあり続けるようにしましょう」

「「ありがとうございます」」

泣きそうな顔で必死に頼まれたら断れないよね。

実は、コアの魔力収支がわずかにマイナスだと分かってから、一日にどの程度マイナスなのか調べておいてあった。

一日に必要な魔力量は、有翼人族の大人二、三が充填すればよい程度。

とはいえ一日ずっとやらなきゃいけないとなるとなかなか大変だよな。そこまでして収支がトントンだから、もう少し余裕を保たせたいけど……

◇

天空島の制御装置をサポートする魔導具の構想を練るため、僕は聖域の工房に戻った。手伝ってくれているレーヴァが僕に告げる。

「だけど、古代文明時代の人達は変態でありますな」

「だね。S級ダンジョンや強力な魔物が生息する場所に、よく都市を築いたものだね」

変態かどうかはさておき――

やはりこの装置はすごいな。天空島の浮遊、結界の維持、気候の調節、それらをしつつ大気中の魔素を取り込んで運用するなんて。

レーヴァが感心しながら口にする。

「しかし、恐ろしく効率のよい魔素収集の魔導具でありますな。少ない魔素で天空島が停止せずにいたなんて奇跡であります」

「だよね。とはいえ収支のマイナスは深刻で、さらに加速しそうだね」

「方針としては、補助の魔晶石を用意するのでありますか？」

「まあ、簡単に言えばそうなんだけどね」

いつものように、巨大な魔晶石をいくつか錬成するつもりなんだけど……今回はそれだけじゃダメなんだよな。

というのも――

「今後、バルザックさんやバルカンさん達だけで、魔力の補充が出来るようにしないといけないんだよね」

「継続的に、魔力の収支が釣り合うようにする必要がありますからな……」

「何かアイデアが浮かべばよいんだけどね」

大きな魔晶石を作るためには素材を集めないといけないが、まあなんとかなるだろう。

大変なのは、魔晶石への魔力の補充。何人もの有翼人族達が、魔力の充填のために拘束されるのは避けたいし。

僕は、思いつきを口にする。

「魔石をセットしたら、魔晶石にその魔力が充填出来る仕組みにしようか」

「なるほど！　ゲートで天空島と魔大陸が繋がっているので、魔物を狩って魔石を確保してもらうのでありますな」

「うん、魔物の討伐にはリスクが付きまとうけど、有翼人族の戦士も強くなったし大丈夫だよね」

魔大陸の拠点と天空島はゲートで繋ぎっぱなしにしてある。魔物の討伐は食料の確保も兼ねているし、放っておいても魔石は集まるかもしれないな。

話し合いの結果、大きな魔晶石を錬成する事、そして魔石から魔力を充填出来る魔導具を作る事が決まった。

◇

聖域の屋敷のリビングに集まったいつものメンバーを前に、僕は天空島を安定させるための方針を告げる。

「また、みんなに手伝ってもらいたいんだけど」

まだ詳しく説明していないのに、ソフィア、マリア、マーニが答える。

「私達はタクミ様が為す事をサポートするだけです。なんでもおっしゃってください」

「うん、ソフィアさんの言う通りだよ。水くさいよ、タクミ様」

「旦那様のお心のままに」

三人はいつも僕にノーと言わないからね。

続いて、アカネとルルちゃんが言う。

「何をしたらいいの？　私もルルも有翼人族に知り合いが増えたから、手伝うのに不満はないわよ」

「ルルもお手伝いするニャ」

そういえばアカネは最近、ベールクトとも仲がよいしね。

さっそく僕は、みんなに具体的に話していく。

「天空島の安定が最優先なのは前にも話したけど、そのために巨大な魔晶石をダンジョンコアのバックアップとして用意したいんだ」

続けてレーヴァが図面を広げながら言う。

「そこで、魔晶石錬成のために、出来るだけ大きくて純度の高い魔石を確保してほしいのであります」

図面に描かれていたのは、直径1メートルを超える魔晶石。それが、ダンジョンコアの魔導具に連結されていた。

「純度が高くて、大きな魔石なんて……竜種でも大量に狩るつもり？」

引きつった顔でそう口にするアカネに向かって、僕は告げる。

「さすがアカネ、察しが早いね。実はフラール女王から、竜種のダンジョンがあるって教えてもらったんだよ」

「なっ、本気なのね」

質の高い魔石が大量に必要だと分かってから、魔大陸のフラール女王に尋ねていたんだ。

フラール女王によると、大陸中央に竜種が大量に出現する高難度ダンジョンがあるとの事だった。

それこそ、蜥蜴に毛の生えたような竜種から、リザードマン、ワイバーン、アースドラゴン、サンダードラゴン、アンデッドのボーンドラゴンまで。

奥に進めば、一筋縄ではいかないような古竜までいるらしい。

まあ、そこまで奥に行くつもりはないけどね。

「大きな魔石の方が錬成するのに効率がいいからね」

ついでに有翼人族達を連れていってあげてもよいかもね。彼らだけの時の予行練習になるだろうし。

アカネが呆れ顔で言う。

「はぁ、分かったわ。でも安全第一でお願いね」

「もちろんだよ」

「マスター、楽しみだね」

カエデはドラゴンと戦えるのが楽しみみたいだ。

そんなこんなで、僕達フルメンバーと数人の有翼人族はダンジョン攻略、残りの有翼人族達は天空島の森の魔物の間引きをする事になった。

10　魔石収集

魔大陸の中央部、竜種が大量に出現するというダンジョンの前で、僕は呆然としていた。

なぜなら……

「……えっと、どうしてフラール女王とリュカさんがいるんですか？」

「もちろん、ダンジョン攻略のためですわ」

「はぁ……申し訳ございません、イルマ殿」

さもここにいるのが当たり前といったように振る舞うフラール女王と、申し訳なさそうに頭を下げるリュカさん。

僕は困惑しつつフラール女王に尋ねる。

「えっと、大丈夫なんですか？　フラール女王は国家元首ですよね」

「ダンジョン攻略も、王の為すべき事ですから」

堂々とそう言うフラール女王を、リュカさんが困った顔で見ていた。

そういえば、魔大陸の王は似たり寄ったりだった。

つまり魔大陸では力こそすべて、一番強い者が王になる。フラール女王は落ち着いた雰囲気があるから忘れてたけど、他の王と変わらずしっかり脳筋バトルジャンキーなんだよね。

「はぁ、分かりました。けど、怪我だけはしないでくださいね。僕は責任取れませんから」

「そこは責任を取るって言ってほしかったですわ……」

「もちろん、自己責任ですから」

色っぽい視線を送ってくるフラール女王の言葉に、かぶせるようにリュカさんが言う。戸惑う僕に、リュカさんは続けて尋ねてくる。

「ところでイルマ殿、魔石以外の素材は譲っていただけるのですよね？」

「え、まあ、僕達には魔石があればいいですから」

強引にフラール女王とリュカさんが同行してきたと思ったら、こういうところはチャッカリしてる。

話し合いの結果、ダンジョンで手に入れた竜種の素材は、僕のアイテムボックスに収納してアキュロスへ運ぶ事になった。

フラール女王は、それをサマンドール王国向けの交易品にするつもりみたいだ。

◇

色々ありつつも準備を整えた僕達は、ダンジョンアタックを開始する事になった。

「さすがに竜種が出るダンジョンだけあって、何から何まで広いですね」

「一階層から十階層はこの程度ですけど、その先の深層はもっと広くなりますよ」

ダンジョンに足を踏み入れた僕の感想は言葉にした通り、ただただ広い、だった。しかし、リュカさん曰く、中層以降はもっと広くなっているとの事。

つまり、中層以降には大型の竜種が出現するらしい。まあ、そういうダンジョンなんだから、当然といえば当然なんだろうけどさ。


ドゴォーーン!!

タイタンの金属製の巨大な拳が、大型の蜥蜴《とかげ》の頭を潰した。

リュカさんが、タイタンが倒した魔物について解説してくれる。

「ファイヤーリザードですね。竜種ではありませんが、低層に出現する魔物はこんな感じです」

「まあ、3メートルくらいの蜥蜴なら、魔大陸では雑魚《ざこ》に分類されてしまいますね」

マリアはさも当然のように言ってるけど、マリアのその常識は普通の感覚からしたらおかしいからね。

僕はファイヤーリザードに視線を向けつつ、リュカさんに尋ねる。

「この蜥蜴の素材は必要ですか?」

「はい、お願いします。肉は少しクセがありますが、香辛料を多めに使えば、お酒のあてとして人気なんですよ」

「了解です。丸ごと持って帰るので、解体はそちらでお願いします」

ファイヤーリザードをアイテムボックスに収納し終えると、僕はみんなに向かって言う。

「とにかく魔石がたくさん必要なので、こんな感じでサーチアンドデストロイでガンガンいきますよ」

すると、僕の背後でフラール女王とリュカさんが不気味に談笑し出す。

「フッフッフッ、戦闘狂の獣王あたりに知られなくてよかったわね」

「陛下もあまり変わらないと思いますよ」

僕もリュカさんと同じ考えだった。


階層を順調に下へ進んでいくと、天井が驚くほど高いフロアに出た。

僕達の目の前で、巨大な竜種が飛んでいる。

「広いわけだよ、ワイバーンなんかが出てくるんだから」

「あれはレッサーワイバーンですね」

レッサーワイバーンというのは、ワイバーンの劣化版らしい。竜種ではあるけどその底辺に位置しており、脅威なわけじゃない。

レッサーワイバーンを見ながら、ソフィア、マリア、カエデがそれぞれ緊張感のない意見を口にする。

「空飛ぶ蜥蜴ですね」

「人間の国ではアレでも脅威なんですよね」

「タイタン、おててバーンッてやって！　おててバーンッて！」

そんな僕達パーティを、フラール女王とリュカさんは呆れた様子で見ていた。

「本当に緊張感のカケラもないですね」

「仕方ないですよ。このメンバーなら」

確かに、ブレスも吐かないワイバーンなんてタイタンがワンパンだもんな。そりゃ緊張する方が無理というものだ。

フラール女王がなんだか嬉しそうに話しかけてくる。

「中層からは、バジリスクやコカトリスなんかも出てきますから楽しめますよ」

「……楽しむんだ」

うん、フラール女王もやっぱり魔大陸の王だった。

ファイヤーリザードやワイバーンを狩りながら、僕達はさらに下層を目指す。

強力な魔物からほど、大きく純度の高い魔石が手に入る。魔晶石は数百年保つようにしたいから、その元になる魔石は下層を中心に収集すべきだよな。

中層になり、バジリスクやコカトリスが出現するようになった。

僕はマリアに尋ねる。

「バジリスクって蛇の王だったんじゃ？　竜種じゃないような気がするんだけど」

「そんな事言ったらコカトリスなんて、翼や尻尾は竜っぽいですけど、顔はニワトリですよ」

魔石が手に入れば、細かい事は気にしないらしい。

さらには、ブレスや毒などの状態異常系の攻撃手段を持つ魔物も出てきたんだけど、マリア的には相変わらずどうでもいいらしい。

毒や石化攻撃はヤバイと思うんだけどな。

ドガッ！

風の刃で落とされたバジリスクの頭が地面を転がる。落としたのはフラール女王かな。フラール女王がリュカさんに話しかける。

「石化を治せるイルマ殿やアカネ殿がいると、安心感が違いますね」

「そうですね。いつもは大量のポーションを用意しないと不安ですが」

それからフラール女王は、活き活きとして魔物に向かっていった。

フラール女王は国家元首なんだから、先頭きって魔物に突撃しないでほしいんだけどな。僕はちょっと心配になって声をかける。

「フラール女王、危ないですよ！」

「大丈夫です！　コカトリスなんて大きなニワトリですから！」

いや、大きなニワトリじゃないと思うよ。それ以前に、後衛職であるはずのフラール女王が突撃してどうするんですか。

フラール女王は純粋に戦いを楽しんでいるみたいだった。

「イルマ殿、申し訳ありません」

「い、いいえ、やめてくださいリュカさん。リュカさんに謝られる事なんてないですから。僕はフラール女王が怪我しないか心配なだけで……」

リュカさんに深々と頭を下げられ、逆に僕が慌ててしまう。

リュカさんはさらに申し訳なさそうに言う。

「我が国は魔大陸唯一の港を持つ国ですから、他の魔大陸の国と比べても、比較にならないほど書類仕事が発生します。内政官も忙しく仕事をさばきますが、陛下の決裁を待つ書類が山となっているのが現状で……」

「はぁ、確かに交易が盛んですから、女王の仕事も多いのでしょうね」

「そうなのです。ですから、たまにストレスを発散していただきたいと思っていたところ、イルマ殿から高難度ダンジョンを探していると聞き……」

「……ちょうどいいと利用されたんですね」

「申し訳ありません」

高難度ダンジョンで僕達のサポートを受けて攻略が出来、しかも高く売れる素材まで付いてくる。

そして何より、日頃の書類仕事のストレス解消が出来る……

ふと、フラール女王の方を見ると、うん、活き活きと魔物に突撃をかましているね。

竜種が徘徊するダンジョンだけあって、フロアの広さはタイタンやツバキが暴れ回れるほどだ。

最近、馬車を引けずストレスを溜め込んでいたツバキが喜んで暴れている。


しばらくして、フラール女王がとてもよい顔で戻ってきた。

「はぁはぁ、久しぶりによい汗かいたわ」

「は、ははっ、よかったですね」

そう言うしかないよね。

気がつくと、さっきまで僕の横にいたはずのリュカさんが、フラール女王と入れ替わりに魔物に突撃をかけている。

「リュカも楽しそうだな」

「は、ははっ、そうですね」

そうだよな。普段大人しく冷静なキャラでフラール女王の側近を務めているけど、彼女は脳筋戦闘種族の鬼人族だもんな。

ドゴッ！

うん、４メートル超えのコカトリスを殴ってるよ。

深く考えるのはやめよう。みんな楽しそうだし。

フラール女王とリュカさんは、初めて出会った時は僕達よりも随分とレベルが低かったけど、この前の邪精霊ダンジョンでだいぶ上がっている。

僕達のサポートがあればさらに効率よく経験値が稼げるから、二人が積極的に暴れているんだろうね。

このダンジョンは、中層までなら万が一もなさそうだし。

ちなみに、ソフィアはサンダーイーグルの従魔、グロームを出している。

アカネはルナウルフの従魔であるフェリルを、レーヴァは山猫型魔物のセルヴァルのセルを呼び出して一緒に狩りをしていた。

マーニとルルちゃんは、みんなのサポートで忙しそうだ。

みんなの戦いぶりを眺めていた僕の側に、カエデがやって来る。

「ねえねえ、マスター。青いおじちゃんと赤いおじちゃんが近づいてくるよ」

「青いおじちゃん？　赤いおじちゃん？」

カエデはダンジョンを潜る時、迷わないよう蜘蛛の糸を残している。その糸が、ダンジョンに侵入する存在を感知したらしい。

カエデの声が聞こえたのだろう、フラール女王の表情が急に微妙なものになった。

「はぁ、青いのと赤いのには心当たりがあるわ」

「えっ、フラール女王のお知り合いですか？」

「知り合いといえば知り合いよね。イルマ殿も知ってる人よ」

フラール女王の知り合いで、僕もカエデも知っている青い人と赤い人なんて……どう考えてもあの人達しかいないんだけど、本当に何やってるんだか。

◇

ものすごい勢いで近づいてくる二つの気配。

ようやく僕も感じられた。

「僕が気配を感じられるって事は、もう同じ階層まで来てるんだね」

「私達がほとんど魔物を殲滅《せんめつ》して進んでいますから、あのお二方はほぼ戦闘なしで進んでいるようですね」

僕達には魔石を集めるという目的があったため、目につく魔物だけじゃなく探索範囲に引っかかった魔物は根こそぎ斃していた。

ダンジョンが新たな魔物を生むには時間がかかる。特にこの竜種のダンジョンは、低層でも強敵が出るので魔物を生み出すコストはひときわ高いのだ。

しばらくは魔物の姿さえ探すのが難しいだろうとは思ってたけど……

「ああ、もう追いついたか」

広いダンジョンの中に、大きな声が響く。

「抜け駆けはズルいぞ、フラール王よ！　こんな楽しそうな事を独り占めは許さん！」

耳が痛くなりそうな大声で話すのは――筋肉の塊の赤い肌に、額から二本の角を生やし、大きな牙のような犬歯を見せて凶悪な笑みを見せる鬼王ジャイールである。

フラールが大声で言い返す。

「鬼人族の王が供《とも》も連れずにダンジョンに入るなど、お主は正気か？　お前も同じだ、ガンドルフ！　なぜお前まで単身でダンジョンへ入っている！」

怒るフラール女王に、悪魔族の王ガンドルフがニヤニヤと笑みを向けている。

ガンドルフは、鍛え抜かれた青い肌の肉体に、頭から捻《ねじ》れた二本の角を生やし、背中には折りたたまれた蝙蝠《こうもり》の翼を生やしていた。

「何、ジャイールと二人なら、無理すれば下層も大丈夫だろう」

「自分の口から『無理すれば』と言っとるではないか！」

フラール女王はますます怒っていた。

僕的には、ディーガ王とライバー王の二人の獣王じゃなくて、ジャイール王とガンドルフ王だった事に驚いていた。ジャイール王は分かるけど、ガンドルフ王はそんなタイプじゃないと思ってたからね。

僕も、ジャイール王とガンドルフ王に向かって言う。

「いや、フラール女王の言う事が正しいと思いますよ。どうして一国の王が、護衛も付けずに高難度のダンジョンになんて来てるんですか」

フラール女王は側近のリュカさんを連れているし、僕達と一緒にダンジョンへ潜っているので、護衛という意味では十分だと思う。

それをこの人達は……

「何、前のダンジョン攻略時にイルマ殿から譲られた武具がある。大きな蜥蜴程度、何ほどの事でもない」

「そうだ、亜竜程度一撃よ！」

ガンドルフ王は総金属製のハルバードを地面にドンッと突き立て、ジャイール王が金属製の六角棒をブンブンと振り回す。

「ヤバい奴だな。近づかぬ方がいい」

フラール女王が辛辣な言葉を放っても、二人の王はどこ吹く風だ。僕はやれやれと思いながら尋ねる。

「はぁ、しかし、よくお二方とも一人で国から出られましたね」

「そんなもの、こっそりと抜け出したに決まっているだろう」

「うむ、言ったら止められるからな」

ああ、ここにダメな大人がいる。

「ところで、どうして僕達がここのダンジョンに挑戦しているのを知っているんですか？」

フラール女王には問い合わせたからフラール女王が知ってるのは当然だけど、ジャイール王やガンドルフ王はどうして知ったんだろう。

悪魔族の王ガンドルフ、鬼人族の王ジャイールがそれぞれ答える。

「フッフッフッ、我がロドスとフラール女王のアキュロスは、交易が盛んだからな。当然、アキュロスには我が手の者が多く入っている。情報収集は怠っていないよ」

「俺が治めるシュミハザールは、アキュロスとの交易なしには成り立たんからな。アキュロスには鬼人族も多いのだ」

フラール女王が眉をひそめる。

「あなた達、うちに間諜《かんちょう》を放っているんじゃないでしょうね！」

「いや、間諜なんて置かなくても、お前のとこの情報なんてダダ漏れじゃないか。そもそも我ら魔大陸の国に、そんな細かい事を考える奴はいないだろう」

「……それもそうね」

それで納得するんだ。

それもそうだよな。魔大陸の王に必要な資質はとにかく強い事なんだから。

「まあ、来てしまったのは仕方ないですし、少し休憩してから攻略を再開しましょう」

僕がそう告げると、二人の王が声を上げる。

「おう！　このあとは俺とガンドルフに任せろ！」

「うむ、まだほとんど戦っていないからな。前線は我らに任せろ」

周りから呆れの表情で見られても、まったく悪びれもしないな。まあ、死なないようにすればよいかと早々に諦める。その方が僕の精神衛生上、楽だ。

マリア、マーニ、ルルちゃんがお茶の用意をしてくれ、広い部屋で休憩を取った。

休憩のあと、すぐにダンジョン探索を再開したのだけど、本当にジャイール王とガンドルフ王が最前線に立ってしまった。

「カエデ、フォローお願いね」

「任せてマスター。赤いおじちゃんと青いおじちゃんはカエデに任せてなの！」

タイタンやツバキよりも前に出て進む二人の王。カエデに任せておけば大丈夫だろう。うん、そう思う事にしよう。

「クッハッハッハッ！　楽しいぞ！　たぎるなぁ！」

ドゴォンッ!!

硬く重い黒鉄製の六角棒が振り回されるたびに魔物の頭が潰れる。鬼人族が得意とする闘気《とうき》を、武器にまとわせて戦うジャイール王。

その横では、ガンドルフ王が魔力をまとわせたハルバードを振り回す。

「……フン！　ククッ……」

ブォンッ!!

ダメな大人二人……いや、二人の武人《ぶじん》がアースドラゴン相手に激しい戦闘を繰り広げていた。そんな様子を見て、機嫌の悪いフラール女王が呟く。

「ふん！　仲のよい事で」

自分の分が減ると思っているみたいだな。

ちなみに、タイタンとツバキが二人の王のフォローをしているけど、こき使われているようで機嫌が悪い。

僕とソフィアは、少し離れた場所で二人の王が戦うのを見ていた。

「でも、さすがにそろそろきつくなってきたかな」

「本人達は楽しそうですが、危ない場面もまありましたね」

魔物のランクが上がってきているせいか、武闘派の王でも僕達のフォローがなければきつくなってきている。実際に、僕とアカネが回復魔法で癒す頻度が増えていた。

まあ、ガンドルフ王もジャイール王も、少々の怪我なんて気にしてないみたいだけど。

「なんだか、接待しているみたいだね」

僕は、サラリーマン時代の接待ゴルフを思い出していた。まあ、おべんちゃら言って持ち上げる必要がないだけマシだけど。

ドォオーーン‼

アースドラゴンが斃れた。その上に立って、武器を掲げてよい笑顔を見せる二人のダメなオッサン。

うん、さすがの僕でもイラッときたよ。

満足したジャイール王とガンドルフ王が休憩し始めたので、解放されたタイタン、ツバキ、カエデがとある獲物に突撃していく。

その魔物を見て、僕の顔は引きつってしまった。

「うわぁ……アレも竜種とか言わないよね」

「いえ、地竜の一種と言われていますね」

思わず僕がドン引きしたのは、その見た目が苦手だったから。

ソフィアによると地竜だそうだけど、どう見ても竜じゃない。地面をのたうつ全長30メートルの巨大なミミズだ。

ヒュージグラトニーワームという魔物らしくて、目はなく、円形に開けた口の中にはズラリと大量の牙が並んでいる。

岩だろうが土だろうが魔物だろうが、なんでも食べる悪食《あくじき》の魔物らしい。リュカさんが教えてくれた。

すぐさまカエデが糸で動きを押さえ、タイタンが巨大なメイスを叩きつける。

続いてツバキが突撃して角を突き刺し、ソフィアの従魔のグロームが雷撃を当てた。

ワームは身体を痙攣させている。

ここぞとばかりに、アカネの従魔のフェリルとレーヴァの従魔のセルが、それぞれ攻撃を加えて走り去った。

僕はといえば、少し離れた場所で顔をしかめていた。

みんなが危ない場面になれば、何を置いても戦闘に介入するつもりだけど、出来れば近づきたくないっていうのが本音なんだ。

ドシーン！

みんなの攻撃により、ヒュージグラトニーワームが斃れた。

「はぁ、これを収納しないといけないのか」

本当は近づくのもイヤだけど、収納するのは僕の仕事だからね。

ヒュージグラトニーワームを収納した瞬間——僕の索敵に多くの反応が引っかかる。

「……うわぁぁ～」

思わず声を上げてしまったけど、仕方ないと思う。ハッキリ言おう。ヒュージグラトニーワームがいっぱいいいる。

うじゃうじゃいる。

めっちゃいる。

我慢出来なくなった僕は、ソフィアやマリアと一緒に、魔法による飽和攻撃で殲滅させた。あとに残ったのは、バラバラに散らばった肉片と魔石だけだった。

「イルマ殿、もう少し加減してください」

「……すみません」

リュカさんに怒られてしまった。

「最初に倒した分が、丸々あるからよかったものの、あんなにバラバラじゃ食べられないじゃないですか」

「へっ⁉　あ、アレを食べるの？」

「当たり前じゃないですか！　地竜ですよ。高級食材です」

どうやら食べ物を粗末にしたから怒られたらしい。

「ルルも食べてみたいニャ」

「え～、私は嫌よ」

「興味はありますな」

食べてみたいというルルちゃんは、アカネにもう一匹狩ろうとおねだりしている。好奇心旺盛なレーヴァも興味があるようだ。

結局、その後も二匹のヒュージグラトニーワームを狩るハメになり、それはまるごと僕のアイテムボックスに入った。

◇

出現する竜種が変わってきた。

亜竜、下位の竜種だったものが、属性竜の中でも上位に位置する火竜、雷竜、氷竜などが出現するようになった。

さすがに僕達全員での全力の戦闘になる。

全長30メートルの巨大な火竜の強力なブレスを、僕が全力の魔法障壁で防ぐ。アカネとレーヴァが魔法で補助し、風をまとわせた魔槍を持ったソフィア、火の魔槍を持ったマリアがヒットアンドアウェイを繰り返す。

タイタン自身が弾丸となって火竜に突撃する。

すかさず、カエデの糸が火竜を地面に縫いつけた。動けなくなった火竜の瞳から光が消えていき、その巨体が地面に沈む。

僕達は揃って、その場にへたり込んだ。

「ハァハァハァ、かなり上位の竜だったみたいだね」

「……ええ、今回はここまでが精一杯でしょうね」

僕もソフィアもさすがに限界だった。みんなつらそうだし、ダンジョン探索はこのあたりにした方がいいと判断する。

ジャイール王とガンドルフ王が息を切らせながら言う。

「むぅ、さすがにこのクラスが相手では、足手まといにしかならんな」

「儂は魔法が使えるからマシだが、ジャイールは肉弾戦一本だからな」

フラール女王とリュカさんは疲れてはいるものの、火竜の素材を手に入れた事でホクホク顔になっていた。

ひとまず魔石の収集という目的は果たせたので、僕達はダンジョンを引き返す事にした。

ジャイール王とガンドルフ王から、次の機会には必ず踏破しようと笑顔で迫られて少し怖いけど……

11　とりあえずの安定

大量の魔物を解体するのは大変だった。でも、ともかくこれで目的だった高ランクの魔石が大量に入手出来た。

それからすぐに聖域の工房に籠もった僕とレーヴァは、魔導具の製作に移る事にした。

二人でひたすら魔石を合成していく。目標は、直径1メートル以上の魔晶石。魔石を合成し、純度を高める。

ただ、その作業の繰り返し。

「これだけ大きな魔晶石を錬成するとなると、魔力の消費がすごいね」

「本当でありますね。魔力量の多いタクミ様とレーヴァでも何日もかかるというのに……他の錬金術師なら投げ出すレベルでありますな」

巨大な魔晶石を四つも錬成しなきゃいけないので、二人がかりでも随分時間がかかる。

魔導戦艦《まどうせんかん》オケアノス、飛空艇ウラノスの時に大きな魔晶石を錬成した経験があったおかげで、作業自体は粛々《しゅくしゅく》と進める事が出来たけど。

「この魔晶石に魔力を充填するのは……勘弁してほしいでありますな」

「いや、それはみんなに手伝ってもらうよ」

レーヴァの言う通り、さすがに無理だよね。

巨大な魔晶石四つ分の魔力を充填するとなると、その魔力量たるや膨大なものになる。そうじゃなければ、天空島を安定させられないんだから仕方ない。

そうこうしていると――フワリと柔らかな風が吹き、風の大精霊シルフが現れる。

「いつもながら、自由すぎると思うよ」

「風は自由なものなのよ」

こちらの都合などお構いなしに、いつも通り神出鬼没《しんしゅつきぼつ》なシルフ。本人的には空気を読んでるみたいで、現れても問題ない時を狙っているらしい。

「それで、今日はどうしたの？　僕はしばらく手が離せないよ」

「タクミが今関わっている空飛ぶ島の話よ」

僕は嫌々ながらも手を止め、シルフの話を聞く事にした。

「天空島がどうかしたの？」

「タクミは、あの島を浮かせている魔導具の補助装置を作っているんでしょう？」

「うん、そうだね」

それから僕はシルフに、天空島の魔導具の状態について説明してあげた。そして、これからしようとしている事もあわせて伝える。

話を一通り聞いたシルフが、妙な事を言ってくる。

「あの島、動かせるんだよね。ならさ、聖域の西に持ってこられない？」

「なんで？　西っていうと海の上だよね？」

魔晶石に魔力を充填し終えれば、天空島を動かす事は出来ると思う。けど、どうしてそんな事するんだろう。

「聖域がある場所はもともと未開地で、魔境が点在する魔素の濃い土地でしょう？　今は精霊樹が瘴気を浄化しているから問題ないけど、それでも魔素の濃度は高いままなの。それって理想的でしょ」

シルフの言っている意味が分からなかったが、しばらく考えてようやく理解する。

「ああ、天空島の魔導具は大気中から魔素を集める必要があるから、確かに理想的かもね」

つまり、聖域の溢れる魔素を天空島に吸わせるという事らしい。

シルフはさらに続ける。

「聖域には太い地脈が通っていて、その地脈の魔力を精霊樹が吸い上げて、魔素を大気中に拡散しているの。清浄な魔素だから今のままでも問題ないんだけど、天空島が少しでも消費してくれたらラッキーかなってね」

つまりシルフは、たとえ清浄なものだとしても、濃すぎる魔素が聖域に集まるのを嫌っているようだ。

「分かったよ。これが完成して天空島の制御が安定したら移動させるよ」

「お願いねー！」

シルフはそれだけ言うとサッと消えてしまった。レーヴァが呆然としつつ口を開く。

「自由でありますな」

「……それがシルフだからね」

その後すぐ、僕らは魔晶石の錬成を再開した。

ちなみに聖域の屋敷には、僕の食事の世話をするマーニしか残っていない。

ソフィアとマリアは、カエデとタイタンをはじめとする従魔軍団と一緒に、魔大陸へ有翼人族達の再訓練に出掛けているのだ。

アカネはルルちゃんと、なぜか最近よくミーミル女王のところへ行っていて、今日もそうだ。

◇

ようやく巨大な魔晶石を四つ錬成し終えた。

僕とレーヴァはへとへとになりながらも、天空島のダンジョンコアがある部屋――コアルームに移動する。

天空島には、有翼人族達も使える魔大陸の拠点に繋がるゲートと、限られた者だけしか使えないコアルームに繋がる特別なゲートがある。

僕とレーヴァはその特別なゲートを使ってコアルームにやって来た。

すぐさまコアルームに巨大な魔晶石を設置する作業を終えると、続けてコアから魔力を引き出すシステムに連結していく。

「これに色々なサイズの魔石を入れたら、魔力を充填する魔導具になりますな」

「うん、僕が取り付けるから、レーヴァはラインの接続をお願い」

「了解であります」

すべてのライン接続が完了するやいなや——魔晶石からコアへと魔力が流れ始める。

「おお！　コアの魔力枯渇が解消し始めたよ。成功だ！」

「やったでありますな。大気中の魔素を集める魔導具も問題なく作動しているであります」

「じゃあ、あとは魔力を込めないとね」

「……やっぱりなのでありますか」

それから僕らは有翼人族達にも手伝ってもらいつつ、十日ほどかけて四つの魔晶石に魔力を充填した。

こうして、すべての工程を終える事が出来た。

◇

天空島が聖域西に向かって移動している。

そうしている間、僕らは古代遺跡の残骸が残る場所に、都市を建設する事にした。

僕は、その事をバルカンさんとバルザックさんに提案する。

「木材は、立派すぎる木々が開発予定地にありますからそれを使いましょう。魔法を使った力業《ちからわざ》で乾燥させたり加工したりすれば、なんとかなると思いますし」

すると、バルカンさんは心配そうに話す。

「作るのはよいとしても、規模はそこまで大きくなくてもよいかと思いますが……」

「いや、こういったものはあとから拡張するのが大変ですから、最初にある程度の大きさで開発してしまいましょう」

僕が強引にそう言うと、バルザックさんまで怯え出す。

「でも、貴重な古代文明の遺跡に、都市なんか開発してしまっていいのでしょうか」

「ダンジョンの入り口は、固定化と状態保存のエンチャントが重ねがけされてあったので当時のままですが、あとは石材が散乱しているだけです。遺跡なんて呼べたもんじゃないですし」

「それでも、貴重な研究材料だとは思うのですが……」

「大丈夫です。出来るだけ元の形に復元しますから」

え？　という顔をするバルカンさんとバルザックさん。

遺跡を開発するにあたり、さすがの僕も新品の建物を建てるのは気が引けたから、復元という形を考えたんだ。

ちなみに、天空島を聖域近くの空域に移動させる事が決まってから、聖域を通して地上の人々が天空島へ行き来出来るようにも手配しておいた。

バルカンさん、バルザックさんが嬉しそうに話し合う。

「聖域の方々との交流は、儂らにとってはありがたい話です」

「そうだな。バルカン達が戻ってきても儂ら種族の人口は少ない。今のままなら種族としての先がないからな」

二人とも外からの新しい血を入れるのに賛成らしい。

そうしないと、有翼人族に未来はないと分かっているから。

ただ、誰でも天空島に招き入れるというわけじゃなく、そこは慎重に見極める必要があると二人は思っているようだ。

まあ、僕は心配していないけどね。人物の判断は、大精霊達に頼めば間違いないんだから。

◇

「どんな感じに復元すべきか、一度見てもらえますか」

僕はバルカンさんとバルザックさんを連れてきた。ソフィアを含めた四人で、島中央の遺跡に来ている。

「ちょっと見ててくださいね」

アイテムボックスから石材を出す。

そうして復元後の建物を強く思い浮かべ、散乱している遺跡の残骸とアイテムボックスから取り出した石材と合わせて錬金術を発動する。

散乱した遺跡の残骸と僕が出した石材が光に包まれ、建物の形を取っていく。光が消えたあとには——

しっかりとした石作りの住居が出現していた。

「……錬金術とはすごいものですな」

「……これなら大丈夫じゃないか、兄さん」

二人の反応は悪くないし、天空島中心部の開発はこの方法で進めていこうかな。

すると、ソフィアが心配そうに言う。

「これではタクミ様の仕事が増えてしまいますね」

「そうだね。僕以外の人には、木々の伐採でもしてもらうしかないからな」

でも、大変なのは最初のうちだけ。完成すれば皆さんにお任せ出来る。

そこから僕達は遺跡の残骸を丹念に調べ、古代文明時代の都市がどんなものだったのか、しっかり把握する事から始めた。

道幅や建物の種類を調べ、紙に描き込んでいく。

幸いだったのは、自然と魔物以外に遺跡を荒らす者がいなかった事。時間による風化と森の木々の侵食の影響はあるけど、錬成する際の新しい石材は最低限で済みそうだ。

僕は紙に描き込みながら、バルザックさんに尋ねる。

「新しく作るのは、外壁くらいですかね」

「古代文明時代の街には外壁がなかったのですか？」

「いや、外壁の跡はかなり遠くの方で確認出来ましたけど……」

「そうなんですか。でも、やはり元の位置に外壁を再現出来ませんか？」

元の位置に外壁を再現するとなると、当初の予定よりもだいぶ街の規模が大きくなる。つまり、古代文明時代の街をまるごと再現するという事になるんだけど。

「可能ですけど……時間かかりますよ」

「儂らもお手伝いします」

「はぁ、分かりました。天空島じゃなければ観光地になりそうですね」

自分で言ってみたけど、観光地か。

今のところこの天空島へ行くには、空か転移ゲートかだ。

空の手段は僕のウラノスを別として、ワイバーンかグリフィンをテイムして騎乗してくるしかないかな。

でも、魔物使いでワイバーンやグリフィンをテイムしている者なんてそうそういない。

転移ゲートは、聖域と魔大陸にある僕達の拠点としか繋いでいない。そんなわけで基本的には一般の人には解放されてない。

バルカンさんとバルザックさんが心配してくれる。

「ゲートは知られると面倒になりますぞ」

「どこの国でも、喉から手が出るほど欲しい技術ですからな」

「ですよねー」

そうだ。そのうち観光用の飛行船でも作ろうかな。確かヘリウムガスだったっけ。アレなら危険は少ないだろうし。でも、人間の輸送に使えるかどうかとなると微妙かな。

今まであまり大っぴらに使ってこなかったけど、ゲートの扱いを真剣に考える時期がやって来たのかな……

12　遺跡再建

失敗した。

少し前の僕を殴ってやりたい。

ここは天空島の中央部。古代文明時代の遺跡が、時の流れと森の侵食により無残な姿を晒している場所。

そこで僕は先が見えない作業量に疲弊《ひへい》しつつ、なかばヤケクソ気味に魔法を発動する。

「錬成!!」

ズゴゴゴォォ!!

傷んだ石畳の道が、古代文明時代の建物が復元されていく。古代文明時代の建物は、様々な魔導具を使う事が前提になっている作りだった。

「うん、今の住居と比べても、遜色ないな」

僕は錬金術を使って、黙々と遺跡の復元をする。

近くでは、護衛としてソフィアが待機している。有翼人族達はマリアとカエデ達のサポートを受けつつ、危険な魔物や野生動物の間引き。タイタンは、森の木々を伐採している。

今さらだけど、遺跡の「復元」なんて言わなきゃよかった。とにかく面倒だ。一から新しく作る方がどれだけ楽だっただろう。

僕はソフィアに愚痴《ぐち》をこぼすように言う。

「神経使うね」

「それは仕方ないと思いますよ。古い遺跡の石材はボロボロになっていますから」

そう、風化してるんだ。手で触っただけで崩れてしまう石もある。

そういうものを、慎重に建設当時の状態に戻さないといけない。石材の一つひとつを復元し、足りない部分は手持ちの土や石で補いながら――

建物自体を建てるのは、イメージでごり押しだ。

「ふう、時間がかかるな」

「そうですね。残骸から古代文明時代の建物がどういうものであったかを推測し、そして錬成していくのですものね」

「ああ、考古学者になった気分だよ」

錬成作業というより、本当に遺跡を調査しているような気分だった。

新しく建物を建てるわけじゃないので、土属性魔法の使い手くらいじゃ簡単な手伝いしか出来ない。となると必然――

「錬金術が使える僕一人が、黙々と遺跡と向き合う事になるんだよな」

「頑張ってくださいね」

ソフィアが応援してくれるのはありがたいけどさ。

ちなみにレーヴァがいないのは、天空島に付きっきりというわけにはいかないから。レーヴァは、パペック商会やバーキラ王国に売る分のポーションや魔導具を作らないといけないのだ。

改めて周囲を見回す。住宅街にある大部分の住居は、今のものと変わらず割とシンプルな形が多い。

そんなわけで錬成には時間がかからないのだけど……古代文明時代の都市だけあって、商店跡や職人の工房跡、役所跡のような建物などちょっと特殊なのがたまにあったりする。そういうのが地味に面倒くさいのだ。

「一軒一軒の住居が大きいですね」

「古代文明時代でも、天空島に住めたのは選ばれた者だけだったんじゃないかな」

どの建物も屋敷といってもいいくらいの大きさだった。

王都やボルトンの貴族街の建物と比べると小さいとは思うけど、一般の人が住むには立派すぎる建物が復元されていく。

「庭がただの何もないスペースになるから不気味だな」

「錬金術でも、植物などは復元出来ませんものね」

しかも十年や二十年前の話じゃない、何千年も前だからな。


その後も、アイテムボックスから出した石材や木材で、残された残骸だけでは足りない部分を補いながら錬成を続ける。

僕が建物の完成形を明確にイメージして錬成を発動すると、石と木を材料に二階建ての住居が建ち上がった。

「休憩なさいますか?」

「ああ、うん、そうしようか」

ちょうど疲れてきたタイミングを見計らって、ソフィアが休むのを勧めてくれた。

そういえば魔力も心許なくなってきたんだよね。

僕は住居の庭のスペースに、アイテムボックスから椅子とテーブルを取り出す。

料理が壊滅的に出来ないソフィアだけど、マリアに厳しく仕込まれたみたいで、お茶を淹れるのはなんとか出来るようになったみたい。

ソフィアの淹れてくれたお茶を味わいつつ僕は呟く。

「ふぅ、やっと一区画完成だね」

「この都市には、王が住むような城がありませんね」

「うん、一通り調べたけど、特別大きな建物は、役所とダンジョンの入り口のピラミッドくらいだ。もしかすると、今とは統治形態が違っていたのかもしれないね」

「統治形態、ですか？」

ソフィアにはピンと来なかったみたいだ。

この世界の国の統治形態は、王様をトップに据える王政が一般的である。唯一の例外がシドニア神皇国で、皇帝が支配する帝政だった。

どちらにしても君主制の統治形態だ。

ひょっとすると、この天空島を作った古代人の国は、共和制だったのかもしれない。

「君首を置かない統治形態ですか？　意味が分かりません」

首をかしげるソフィアに、僕は説明する。

「まあ、そうだな……ああ、そうだ！　聖域には王も貴族もいないだろ。住民の中からリーダーを決めて街の運営をしているじゃない」

「えっ？　聖域の王はタクミ様ですよ。聖域の住民はみんなそう思っているはずです」

「えっ⁉　そ、そうなの！」

唖然としてしまった。

知らなかったよ。まさかそんな事になっているなんて……

魔大陸、ボルトン、聖域に天空島と、あっちこっち飛び回っている、腰の軽い王なんてありえないと思うんだけど。

「精霊樹の守護者で、聖域の管理者なのですから。たぶん聖域で暮らす小さな子供に聞いても、皆そう言うと思いますよ」

「……なんて事だ」

みんながそんな認識だから、僕が聖域で好き勝手に開発しても何も言われなかったのか。僕は恐る恐る尋ねる。

「……もしかして、ボルトン辺境伯やバーキラ王も？」

「まあ、国家としては建国宣言もしてませんから、それに準ずる立場だという認識じゃないかと思いますよ。それよりも、魔大陸のフラール女王をはじめとした六人の王達は、タクミ様の事を完全に王だと思っていますね」

「おぅふ……なんて事だ」

ガックリとうなだれる僕に、ソフィアが微笑む。

「エルフの国からは、神の使徒のように崇められていますよ。精霊樹の守護者ですから」

「……さあ、作業の続きをしようか」

色々とショックな事実を知った僕だけど、今は全力で現実逃避する事にした。

小市民の僕の心が保たないよ。

13　次期族長？

黙々と神経を使う作業を続ける僕のもとに、余計なトラブルを持ち込む奴がいた。

そんな奴、僕の周りには数えるほどしかいない。

「えー！　そんな話、僕にしないでほしいな。僕は今忙しいの分かってるよね」

「そう言わないでくださいよ、アニキィ～！」

「誰がアニキだよ！　ほら、近づくと危ないよ！　錬成！」

膝の力が抜けるようなくだらない話を持って来たのは、バルカンさんの息子。ミノムシ君こと、バート君だ。

そして、何がくだらないかというと――

「次期族長は俺がなるのが一番よい選択だと思うんですよ。アニキもそう思わないっすか？」

「だからアニキはやめてくれって。で、バルカンさんとバルザックさんはなんて？」

だいたい有翼人族の族長なんて、僕が口出しする話じゃない。

「いやー、それが親父の奴、族長は俺には任せられないなんて言うんですよ」

うん、僕もそれは正解だと思うよ。

「でも俺は族長になって、ベールクトを嫁にもらうんだ！」

「へぇー、ベールクトと結婚するんだ。錬成！」

「それはそうですよ。ベールクトに相応しい相手が、俺の他に誰がいるって言うんですか」

相変わらず無駄にポジティブな奴だな。

ベールクトは納得しているのかな？　そんなわけないか。

「とりあえず今忙しいから、手が空いている時に、バルカンさんやバルザックさんに話を聞いといてやるよ」

「ホントっすか！　ありがとうございやーす！　じゃあ、お願いしますね！」

そう言ってバート君が笑顔で走っていった。

いや仕事しろよ、バート。


再び黙々と作業をしていると、今度はバルト君がやって来た。

いや君達、どうして僕のところに来るのかな。特にバルト君は、僕とそんなに親しくもないだろうし。

「タクミさん、聞いてくださいよ」

「……えっと、もしかして、次期族長の話かな？」

「おお！　さすがタクミさん。そうなんすよ」

「はぁ～、もしかして、バルザックさんはバルト君を族長にしたくないんじゃないの？」

「おお!!　すげえ!!　全部分かっちゃうなんて闇属性魔法っすか！」

いくら従兄弟同士だっていっても似すぎだろう。

「とりあえず今忙しいから、あとでバルザックさんに話を聞いておくから」

「やった！　ありがとうございます。これで、愛しのベールクトちゃんにプロポーズ出来るっす！」

……お前もか。

バルカンさんもバルザックさんも、息子がアレじゃあ頭が痛いだろうな。

◇

遺跡の復元をいったんお休みして、僕はバルカンさんとバルザックさんの二人に話を聞きに行った。面倒な事は、早く片付けておいた方がいいからね。

「次期族長の事で、バート君とバルト君が別々に僕のところに相談に来たんですけど……」

　僕がそう言った途端、二人の表情がうんざりとしたものに変わる。

「はぁ～、本当に申し訳ない、イルマ殿」

「儂からも謝罪させてくれ。イルマ殿にはお世話になりっぱなしで、まだ何も恩を返していないのに……また、息子の事で手を煩《わずら》わせるとは」

　バルカンさんもバルザックさんも二人とも立派な人なのに、どうして息子がああなってしまうのだろう。

　揃って頭を下げる二人に、僕は尋ねる。

「お二人は、お子さんに族長を継がせるつもりはないのですか？」

「いや、イルマ殿もバートの愚かさはご存知だと思う。息子だからこそ、あのバカが族長になど無理なのは分かっています」

「お恥ずかしながら、儂の息子バルトもバートとどんぐりの背比べです。今までは世襲していた族長も、そろそろ考え直す時期が来たのかもしれません」

　はぁ……僕はどんよりとした空気に耐えきれなくなり、無理やり話を変える。

「そういえばバート君とバルト君、二人ともベールクトと結婚したいみたいな事を言ってましたが、三角関係ですか？」

「「……はぁ～」」

やばい、振った話を間違えた。

バルカンさんとバルザックさんの表情が、苦虫を潰したように歪む。

「イルマ殿、バートの奴は確かに昔からベールクトを好いていたようですが、一度として相手にされた事はないのですよ」

「いやいや、まだバルカンのところはよいではないか。バルトなんて一目惚れからの猛アタックで、ベールクトに気持ち悪いと殴られていたぞ」

「……ああ、見てたよ兄さん。バルトの奴……殴られて喜んでいたな」

「それは言わないでくれ！」

うわぁー、これはダメだ。ダメなやつだ。

なんとか空気を変えるべく、前向きな意見を言ってみる。

「そうだ、有翼人族は長寿種族ですよね。なら、もう少し長い目でバート君とバルト君の成長を待つ事も出来るんじゃないですか？」

「……それしか思い浮かばないですな。それでいいか、バルカン」

「それしかないと思うぞ、兄さん。私達二人が元気なうちに、あの二人を徹底的に鍛え直すしかないと思う……無理かもしれんがな」

「……そうだな」

バート君とバルト君の地獄の再教育が決まった瞬間だった。

バルカンさんとバルザックさんは、なかば諦めの表情なんだけど、一応解決って事でいいよね。

遺跡の復元を休んで来たかいがあったかな？

◇

今日も今日とて、天空島の遺跡復元に勤しむ僕を訪ねる人がいた。

「あれ？　ベールクト」

「タクミ様、忙しいところ悪いのですが、少し話を聞いてほしいかなー、なんて」

ミノムシとボロ雑巾は絶賛再教育中のはずだけど、また違う事かな。

「どうしたんだい？」

「実はさ、バートとバルトが私にプロポーズしてきたんだよ。私はまだ結婚なんてするつもりはないから断ったんだけど、それからしつこくて……」

やっぱりまたあいつらじゃないか。僕は額を押さえながら言う。

「えーと、バート君とバルト君は、バルカンさんとバルザックさんに性根を叩き直されていると聞いたけど」

しかし、結婚する気のないベールクトに対して、バート君とバルト君は何をそんなに焦っているんだろう。

僕はソフィアに尋ねてみる。

「あいつらどうしたいんだろうね？」

「たぶん、二人で張り合っているだけだと思いますよ」

ただでさえ暴走しがちな二人なのに、同じベールクトという目標を持ってしまったために、歯止めが利かなくなってしまったようだ。もはやベールクトの気持ちなんて考えていないんだろう。

「それで、張り合うようにプロポーズしてきたと」

「迷惑な話だろう」

ベールクトがウンザリとした表情で言う。さらに彼女は続ける。

「あとたぶんだけど、タクミ様に憧れているから、それも影響していると思うんだ」

「えっ？　僕に憧れている？　影響？」

ベールクトから思わぬ事を言われて、僕は驚いてしまう。けれど、ソフィアもその意見に同意を示す。

「それはありますね。あの二人、タクミ様の事をアニキなんて呼んでましたし」

「強くてなんでも作れるタクミ様は、二人にとっちゃあヒーローなんだよ。しかも、ソフィアさん、マリアちゃん、マーニさんっていう美女といい仲だろう。強くなるのはすぐには無理だけど、せめてそこは真似したいらしいよ。そんな理由でプロポーズされた私にとっては、迷惑でしかないけどね」

ベールクトから持ち上げられすぎて、僕の顔が赤くなる。

いやそんな事より、あいつら僕のどこを真似しようとしてるんだよ。

「……強くなったりする方向に努力してくれないかな」

「そこはほら、二人とも族長の息子として甘やかされて育ったから、キツイのは避けたいんだろうね」

とことんダメな奴らだな。

まあそれはともかく、バート君とバルト君がベールクトを好きになるのは無理からぬ事だ。

何せベールクトは、二つの集落が一つになったあとでも、有翼人族一の美少女である事には変わりがないのだから。

意味のない質問とは思いつつも、念のためベールクトに尋ねてみる。

「で、肝心のベールクトは二人の事、どう思っているの？」

種族によっては、女性の権利が蔑ろにされていたりする事もある。家長の決めた婚姻は絶対だったりといったような。

逆に女性の立場が強い場合もあって、ベールクトを見れば分かるが、有翼人族は女性が強い。だから、彼女の意向を聞いておきたいと思ったんだけど……

ちなみに、ソフィア、マリア、マーニは、僕を立ててくれているようだけど、僕が尻に敷かれてる感もある。僕のパーティにおいて男女のどちらが強いかは言うまでもない。

「私ですか？　うーん、バートはただの幼馴染《おさななじみ》だし、バルトに関してはどんな奴なのかも分からないですし……はっきり言えば、あの二人はないですね。私よりもずっと弱いから」

「うん、そうだと思ったよ。僕からあの二人に、そんな事考えてる暇があるのなら、もっと強くなれと言っておくよ」

しかし、いつの間にこの子はこんな脳筋になってしまったんだろう。パートナーを選ぶのに、強さを求めてるよ。

ベールクトは愚痴を言えたからか、スッキリした顔をしている。それからベールクトはがらっと話題を変えてお願いしてきた。

「そうだ。もう少し私が強くなったら、タクミ様に武具を作ってもらいたいんですけど。ダメですか？」

有翼人族達には、揃いの革鎧や槍を渡してあるから、そんなのじゃないんだろうな。

「ベールクト専用の装備を作るのは構わないよ。ベールクトは若手の有翼人族の中でも一番頑張っているからね」

「ヤッター！　ありがとうございます！　頑張って強くなりますね！」

そう言うとベールクトは、すごいスピードで飛んでいった。

去りゆくベールクトを見ながら、ソフィアがポツリと呟く。

「あの子、しばらく恋愛するのは無理そうですね」

「仕方ないよ。今は確実に強くなってる実感があって楽しいんだろう。バート君とバルト君には気の毒だけどね」

あとは二人がストーカーにならない事を祈ろう。

14　かかってこい

ベールクトから相談を受けてから三日経ったある日の事。

ベールクトがまた、遺跡で働き続ける僕のもとにやって来た。

「どうしたの？　バート君とバルト君には一応忠告しておいたけど」

寿命の長い有翼人族で、まだ十代のベールクトは結婚なんて考えられないと言っているよと伝えたら、二人とも頷いていたはずだ。

それに、脳筋になってるから弱いバート君達じゃ無理だよって言っておいたんだけどな。

「それで、あの二人が何したの？」

「タクミ様～、聞いてくださいよ。あの馬鹿二人、強ければいいと思ったみたいで、集落の若い衆を巻き込んで、大騒ぎを起こしてるんです」

なんとあの二人、有翼人族の若手の男達でトーナメントで戦って、優勝した者がベールクトと結婚出来るなんて、無茶苦茶な事を言い出したらしい。

「なんでトーナメント？　いや、優勝したら結婚って、ベールクトの意思は無視なの？」

「ねっ、馬鹿な奴らでしょう？　でも、集落の男達も乗り気になっちゃって、トーナメントに向けて特訓するとか言い出しているんですよ」

「うわぁ〜」

馬鹿だ。馬鹿の塊がいる。

ベールクトは言っていたはずだ。自分よりも強い人じゃなきゃ嫌だと。そして、ベールクトは有翼人族の中でダントツで強いんだ。

ベールクトが強くなるのは理由がある。ソフィアやアカネから可愛いがられていたので、ダンジョンによく同行していたのだ。

結果として当たり前なんだけど、レベルが上がり、スキルは磨かれ、強くなったんだ。それこそ、他の有翼人族とは頭一つ二つどころじゃない差がある。

僕は呆れてしまい、適当な事を口走る。

「うーん、この際、ベールクトが総当たりで全員ぶちのめすか？」

「そっ、そっ、それだぁーー!!」

ベールクトが大きな声を出して手を叩く。ヤバイ、ベールクトが乗っかってしまった。

さらにベールクトは続ける。

「私抜きのトーナメントなんて意味がないですよね。うん、よいですね。全員叩き潰してやりますよ！」

するとと、なぜかそれにソフィアまで便乗し出す。

「よく言いました。では、槍の師匠でもある私がマリアと一緒にみっちりと稽古つけてあげます」

気づくと、ソフィアはベールクトの手を取り、協力を約束していた。

いや、これ以上ベールクトが強くなったら、誰も追いつけなくなるよ。

◇

こうして、第一回ベールクト争奪武闘会が開催される事になった。

ただ、形式はトーナメントから変わり、ベールクト一人対全員の総当たりという無茶苦茶なルールとなっている。

普通に考えれば、ベールクトの負担が大きすぎる試合形式だけど——僕にはベールクトが負けるイメージが浮かばなかった。

むしろ、終わったあとの有翼人族の男達が心配だ。間違いなく、心をボキボキに折られるだろうからね。

場所は、魔大陸の拠点。

急遽、僕が作らされた舞台の上に、槍を手に持ったベールクトが仁王立ちしている。

周りには、孤島組と天空島組の有翼人族達のギャラリー。

「さあ！　誰からでもかかってこい！」

ドンッ！　と槍の石突きを地面に打ちつけ、ベールクトは挑戦者を待つ。

うわぁー、ものすごく男前な感じだ。

挑戦する有翼人族の男達の数は、なんと総勢八十人。なんだか予想以上に挑戦者が多い気がするが、ベールクトが美少女だからという事なんだろうか。それでも多くないか？

しかも、女の子一人相手に八十人で総当たりって……それで勝っても誇れるのか？

最初の挑戦者が現れて試合開始となるやいなや、挑戦者は槍を手にベールクトに突撃する。

だが、突き出した穂先を絡め取られ、槍ははね上げられる。

呆然とする挑戦者。ベールクトはその顎《あご》を石突きで打ち、挑戦者をノックアウトさせた。

瞬殺だった。いや実際、死んでないけど。

「次！」

ベールクトが、次の挑戦者を要求する。

二人目の挑戦者は舞台に上がると、そのまま駆け込んで槍を横に薙ぐ。

ベールクトは隙をついて素早く踏み込み、一気に間合いを潰した。

ベールクトの槍が挑戦者を薙ぎ払う。

ドンッ！

「ウグッ！」

二人目の挑戦者は舞台の外まで飛んでいった。

「次！」

予想していたとはいえ、ベールクトの強さは圧倒的だった。僕は驚きつつ、ソフィアに尋ねる。

「ねえ、ベールクトの事、ものすごく鍛えたの？」

「いえ、もともとのレベルとスキルが、若手の有翼人族の男達とは隔絶した差がありましたから、私とマリアで模擬戦をするだけで十分でした」

そ、そうなんだ。でも、ソフィアとマリアという高レベルの者と模擬戦を繰り返したら、それは強くなるよな。

ベールクトに挑む男達は、一分も舞台の上に立っていられる事なく、あっという間に負けていった。鎧袖一触で倒されていく男達を、哀れに思うのは僕だけだろうか。

どんどん挑戦者の数が減っていく中、バート君とバルト君は、挑戦者達の一番後方で待機している。

「あれ、もしかしなくても、ベールクトが疲れるのを待ってるんだよね」

「ええ、本当に馬鹿に付ける薬はありませんね。ああいうところがベールクトに嫌がられるとは思わないのでしょうか？」

「本当ですよね」

ソフィアとマリアの冷たい視線が、バート君とバルト君に突き刺さる。

武闘会の観戦者は、有翼人族以外では僕達のパーティメンバーしかいない。そして当然、僕達のパーティメンバーは、ベールクトの応援をしていた。

「頑張れー！」

「ベールクト頑張るのです！」

「ぶっ殺せー！」

「殺っちまうニャー！」

カエデやレーヴァの声援は分かるけど、アカネとルルちゃんの声援はどうかと思うよ。殺せって言ってるし。

「あっ、次はバルト君ですよ」

舞台から目を離しているうちに、いつの間にか残り二人になっていた。

バルト君がヤケクソ気味にベールクトへ突撃するけど、腰が引けてしまっている。あれじゃあ勝負にもならないだろう……て、ほら、五秒も保たなかった。

最後に出てきたのは、バート君。

「ベールクトに勝って、嫁にしてやる！」

「寝言は寝て言え！」

バート君は、なぜか槍じゃなく剣を持っている。

「ねえ、誰かバート君に剣術を教えたの？」

「いえ、私は知りませんが」

「確か、剣の方がやっぱりカッコイイって言ってたの」

ソフィアは当初、バート君に剣を教えていたけど、すぐにやめさせたはず。

カエデが言う理由が本当のところなんだろうな。

「ただでさえ技量とレベルで負けてるのに、間合いでも不利な得物を選んでどうする」

僕が呆れてそう言うと、みんなもウンウンと頷く。

「ヤアーーー!!」

剣を上段に振り上げ、低空飛行で突撃するバート君に対し、ベールクトは落ち着き、高速で三段突きを繰り出した。

「グウヘエ!!」

バート君が、舞台の端まで転がっていき、やがて動かなくなる。

審判をしていたバルザックさんが、ベールクトの腕を上げ勝利を告げる。すると、有翼人族の女性や子供達から喝采が送られた。

「……余興としては成功だったのかな？」

「……ですね」

第二回があるのかは分からないけど、第一回ベールクト争奪武闘会は終了した。

15　ご褒美《ほうび》

第一回ベールクト争奪武闘会で、ダメージなしのパーフェクト全員抜きという偉業を為したベールクト。彼女のリクエスト通り、僕はご褒美を用意しないといけなくなった……遺跡の復元で忙しいんだけど、約束しちゃったからなあ。

「タクミ様！　ご褒美をいただけると聞いて、我慢出来ずに来ちゃいました！」

そして、当の本人ベールクトが、遺跡の復元作業をしている僕のところに、ハイテンションでやって来た。

「あ、ああ。武闘会は頑張ったね。おめでとう」

「ありがとうございます。でも、次の武闘会からはトーナメント形式になるみたいですよ」

「えっ!?　またするの？」

「はい、なんだか大人も子供も楽しかったみたいで、お祭り代わりに一年に一度開催しようって事になりました」

今回のベールクト争奪武闘会は、有翼人族の独身で若い（？）男達がこぞって参加した結果、八十人という人数になった。

だが、毎回ベールクトを餌にするのもよくない。そう考えたバルザックさんとバルカンさんが、純粋な武闘会として毎年恒例の行事とする事にしたらしい。

「族長達は、集落のみんなが楽しめる行事が必要だって気がついたと言ってましたよ」

「確かにそうだね。娯楽は大事だと思うよ。それに、若い戦士の育成にも役立つしね」

「はい、そうも言ってました」

これからの有翼人族は、天空島の維持のため、継続的に魔大陸で魔物狩りをして、食料の確保とともに魔石の収集をしないといけないんだ。

バルザックさんとバルカンさんは、先日のベールクト争奪武闘会を見て、これは利用出来ると考えたらしい。

「当たり前ですが、次回からはベールクト争奪って文字はなくなります」

「それはそうだよな」

ちょっと脱線するけど、実は有翼人族の若い男達の中には、すでに他の種族の女性と恋仲になっている者もいたりする。魔大陸で活動するうちに、アキュロスで出会ったようなのだ。

僕としては、そんな他種族の女性と恋仲になった人達のために集落を建設する予定だ。場所は、魔大陸の拠点の湖の外側かな。

わざわざ拠点の外側に集落を建設する理由は、他種族の女性がアキュロス出身というのもある。つまり、サキュバス族、鬼人族、獣人族といった感じなので、うかつにゲートの秘密を明かすのも危険かなと思ったんだよね。

では話を戻して、僕はベールクトに武器について尋ねる。

「それで、どんな物が欲しいの？」

「はい！　新しい槍が欲しいです！」

ベールクトはそう言うと、僕の側で護衛しているソフィアを見て微笑んだ。

ソフィアも頷いているのは、彼女がベールクトの槍の師匠だからかな。二人の間では、槍をご褒美として僕に作ってもらう事で決まっていたのかもしれない。

「槍かー、分かった。完成したら連絡するよ」

「ありがとうございます！　楽しみに待ってます！」

ベールクトはいつものようにすごい勢いで飛んでいった。

僕はソフィアに尋ねる。

「あの感じだと、ソフィアは相談を受けていたみたいだね」

「はい、ベールクトは弓か槍かで迷っていたようですが、あの子は槍の突撃が好きですから」

「ああ、うん、そうだね。先日の武闘会でも、槍を振り回してイケイケな戦い方をしていたもんね」

とはいえ、ベールクトは弓が苦手というわけではない。弓の腕前だって、有翼人族の上から数えた方が早いくらいの実力者だ。それでも性格的に、前線で槍働きをする方が好きみたいだ。

「ベールクトの槍は、普通のやつだったよね。新しく作る槍はどうするのか聞くのを忘れたな」

「それは私が聞いています」

今ベールクトが使っている槍は、穂先の形も大きさもごくオーソドックスなものだ。

とはいえ、槍という武器の特長を最大限活かし、突く、叩く、斬るを高い次元で実現した物になっていると自負している。柄には一応トレント材を強化して使っていて、特別な素材の使用はその程度かな。

だから、今使っている槍のアップグレード版で問題ないかと思っていたんだけど、ソフィアは妙な事を言い出した。

「突撃槍？」

「はい。ベールクトは、突きに特化した槍がよいそうです」

この世界には、中世ヨーロッパであったような、刃のない円錐形の突きに特化した槍――ランスは存在していなかったように思う。突きに特化した槍と聞いて、僕は最初にそれを想像したんだけど、ベールクトの要望はそうではないらしい。

「どちらかといえば非力な有翼人族であるベールクトでも、威力のある突きが繰り出せる槍が欲しいと言ってました」

「どういう事だろ……難しいリクエストだね。少し考えてみるよ」

「お願いします」

ソフィアからもお願いされたし、中途半端な物は作れないな。

というか、ベールクトは決して非力じゃないと思うんだけど。まあ、種族として前衛向きとは言いがたいのは確かか。

◇

さて、どんな槍を作ろうかな。

聖域の工房にやって来た僕は、頭を悩ませていた。

まず穂先を大きくして、重さも増やそうかな。それでバランスを取るために、石突きも重くして調整した方がいいだろうか。

いや、考えなきゃいけない事はもっと多いな。

槍の長さ、穂先の大きさ、形状、重さ、石突きの形状と重さ、槍を実際に使うベールクトの体格、ベールクトの身体能力も考慮する必要がある。これは試作を何本か作ってみないとダメだ。

ちょっと行き詰まってきたので、有翼人族の長所と短所から考えてみる。

有翼人族の長所は、何はなくともその飛行能力だ。

しかし、風属性魔法と翼を併用して空を飛べるのは、彼らの最大の長所であると同時に――短所でもあった。

つまりそのせいで、有翼人族には魔法使いがいないのだ。

彼らは、飛行にしか魔法は使用していなかった。

有翼人族にも他属性の魔法に適性を持つ者はいるのだけど、飛行しながら魔法を使うのは簡単じゃないというのもあって無視されていた。

とはいえ最近、有翼人族の中からもちゃんと魔法を使える者が出てきた。これは僕達が指導した結果、魔法使いを目指して訓練させたからだ。

ベールクトは魔法が扱えるほどではないけど、その素質を持った一人だった。

そんなわけで、ベールクトの武器として僕が考えついたのは――槍に、魔法使いの杖の機能を持たせる事だった。

槍の柄には、魔法使いの杖の素材としても使われるトレント材を使用していたけど、今回はもうワンランク上のエルダートレント材を使用する。太刀打ちの部分を含めて、金属部分はミスリル合金かアダマンタイト合金を使用し、魔法発動体としての能力を底上げしよう。

そして今回、目玉素材があった。

僕は、長さ30センチくらいのそれをアイテムボックスから取り出し、工房の作業台の上に置く。

それまで僕の隣で静かに作業していたレーヴァが声を上げる。

「あっ！　それは竜の牙でありますな！」

「うん、前にノームに教えられて発掘に行った時に見つけたやつだよ」

レーヴァが言うように竜の牙ではあるんだけど、結晶化しているのでただの竜の牙ではない。見た目も大きく異なっているしね。

「いつ見ても綺麗《きれい》な結晶でありますな」

「レーヴァもいくつか発掘したのをストックしているだろう？」

「まだ、何に使うのか思案中であります」

これはさっき言ったように、聖域の開発が一段落した頃、ノームが近くの魔境に面白い物があると教えてくれて発見した物だ。

土の中から見つけたのは、竜の全身骨格だった。

しかもただの骨ではなく、魔境の濃い魔素に長い間晒され、地脈のエネルギーに影響を受け続けため、水晶のような輝きを放つようになっていた。

ノーム曰く、竜の骨や牙などが結晶化した物は武器の素材として最高とされ、とりわけ魔法発動体を作るのに最適らしい。

「これを槍の穂先の先にはめ込んで、槍を使いながら法撃を撃てるようにしようと思ったんだ」

「おお、なるほどであります！　ノーム様も太鼓判《たいこばん》を押した硬度と靭性《じんせい》でありますからな」

この結晶化した牙は、鋼鉄の板にさえやすやすと穴を穿つ。これを穂の先端部分に付ければ、その貫通力は絶大だろう。

「でも、まずは結晶化した牙の形を整えないとな」

「……時間がかかりそうでありますな」

結晶化した竜の牙に、僕の魔力を時間をかけて馴染《なじ》ませていく。

鍛冶魔法のクラフトを使えるようになるまで、魔力を馴染ませる必要があるんだけど、素材のランクが高ければ高いほど時間がかかる。

数時間かけて、なんとか穂の先端の形状になった。

これをはめ込むのは、穂先と柄を繋ぐ太刀打ちという部分。ここはミスリル合金で錬成する。なお、太刀打ちは二枚の三日月状の刃を付ける事にした。

槍先と重さのバランスを取るため、石突きはアダマンタイト合金で重く作ってある。普通の有翼人族じゃ重すぎて扱えないだろうけど、ベールクトなら大丈夫なはず。

レーヴァの助けもあって、僕がベールクトのために考えた「ガンランスロッド」が完成した。またの名を、法撃槍杖という。ベールクトの突きに特化してほしいというリクエストを法撃で実現した武器だ。

槍として使えるだけでなく、魔法の杖としても使え、さらには法撃の発射魔導具の役割を持つ。

うん、女の子へのご褒美というには物騒だけど、見た目も綺麗だしＯＫかな。

◇

武器が完成したという連絡を人に任せた僕は、そのまま天空島の遺跡復元作業に戻った。

作業に入って間もなく、猛スピードで僕に近づく気配を察知する。

「タクミ様ー！　完成したんですか！」

大きな声を上げてやって来たのは、言わずもがなベールクトだ。彼女は木々の間を縫うようにして猛スピードで飛んできた。

「タクミ様！　どこですか！　私の槍は？」

「落ち着いてベールクト。ほら、これだよ。一応説明するからね」

ベールクトは完成したので取りに来るよう言付けてあったのを聞き、すっ飛んできたらしい。

テンションの高いベールクトをいったん落ち着かせ、僕はアイテムボックスからガンランスロッドを取り出す。

それから、槍の性能と機能を説明していく。

「穂先には結晶化した竜の牙を使っていて、これが魔法発動体を兼ねているんだ。柄には魔力伝導性の高い素材を使用しているから、槍を構えたまま魔力を流して法撃を撃てる。もちろん、魔法の杖としても優秀だ」

結晶化した竜の牙には、様々な強化系のエンチャントに加えて、自動補修も付与してある。この穂先を欠けさせる事自体難しいと思うけど、欠けたとしてもすぐに自動で直る。

先端から放たれる法撃は、主に雷撃の魔法を放てる事にした。ベールクトが風属性なので、自力では使えない風の上位属性である雷にしたというわけだ。

実はこの法撃、使用者の属性に関係なかったりする。

魔力をそのまま流せば無属性の法撃が撃てるし、少し細工をすれば、自分の持っていない属性の法撃にする事も出来る。

現状、法撃として放つ事が出来るのは三種類で、雷属性、元からベールクトが適性のある風属性、無属性の三つである。

ベールクトが感激して声を上げる。

「すごい！　すごすぎるよ、タクミ様！　私にも魔法が撃てるのか！」

「どうどう、落ち着いてベールクト。法撃を撃つ時は魔力残量に気をつけてね」

僕からガンランスロッドを受け取ったベールクトは、もうすでに話を聞いていなかった。

ソフィアに習ったんだろう槍の型を繰り返しては、ニヤニヤしている。

「うーん、年頃の女の子が武器をもらって喜ぶのって、不健全だと思うのは僕だけだろうか？」

「タクミ様からのご褒美だから嬉しいのだと思いますよ」

ソフィアとそんな会話をしていると、ベールクトから不穏な感じが……

「いや、それはソフィアやマリアなら分かるけど……ベールクト！　ここで魔法はダメだよ！」

「分かってますよー！」

全然分かってなさそうな返事しかない。

その後、天井知らずにテンションの上がったベールクトに、ソフィアは模擬戦を付き合わされていた。


次の日、僕は遺跡の復元作業に本腰を入れていた。

「しかし、何千年も前の建物とは思えないくらい洗練されているね」

「はい、現代の街並みとは違います。むしろ未来的にも感じますね」

古代都市の復元は、僕の頑張りもあって半分以上進んでいた。その街並みは、ソフィアが言うように、未来っぽく感じる。

一日の作業を終え、僕がソフィアと休憩していた時、聞き覚えのある声が聞こえてきた。

「「あーにーきーーー！」」

振り向かなくても分かる。

僕はため息を吐きつつ、ソフィアに言う。

「本当は仲がよいんじゃないのか？」

「……本当ですね。最近はよく一緒に行動しているようですし」

山肌に作られた洞窟群から飛んでくるのは、バート君とバルト君だ。

二人は手を振りながら飛んでくる。

「ズルイよ兄貴！　ベールクトだけにあんなカッコいい槍をあげるなんて！」

「そうだよ！　俺もカッコいい槍が欲しい！」

こいつら何を言ってるんだ……言い方は悪いけど、僕はこの二人の頭を疑ってしまうよ。翼だけじゃなく頭まで鳥なのかな？

「はぁ……あのな、ベールクトに槍をあげたのは、武闘会で挑戦者全員に勝ったご褒美だろう。バート君とバルト君は瞬殺されてたじゃないか」

「あれは、女のベールクトが相手だったからだ！　女相手に本気は出せないだろう！」

「そうだ！　好きな女の子を痛めつける事なんて出来ないだろう！」

なんだか二人、仲よいな。

というか二人は、ベールクトが疲れるのを期待して、戦う順番を最後にしていたはずだから、その言い分は通らないと思うけどね。

僕は面倒くさくなったので、適当にあしらう事にした。

「そうだな。次の武闘会で優勝したら、望みの武具を作ってあげるよ」

「本当ですか！　ありがとうございます兄貴！」

「ありがとうございます兄貴！　そうとなればこうしちゃいられない。修業に行ってきます！」

「あっ！　抜け駆けはずるいぞ！」

バート君が槍の修業をすると飛んでいったあとを、バルト君が慌てて追いかけていく。

「あの子達、優勝出来ると思っているのでしょうか？」

「ソフィア、それは言わないであげて。二人とも本気みたいだから」

おそらく次の武闘会が開催されても、あの二人が優勝するのは難しいだろうな。

16　遺跡都市復活

ベールクト争奪武闘会、それに伴うご褒美の槍製作などあったものの、古代都市の復元は一応順調に進んでいた。

何千年も前の都市だというのに、照明器具、水の魔導具による上下水道の浄化システムがすでに完備されている。

僕はそうした文明のすごさに感心しつつ、ソフィアに尋ねる。

「どうしてこれほどの文明が滅びてしまったんだろうね」

「大精霊様達なら知っているでしょうが……」

「教えてくれないよね」

「はい」

大精霊であるウィンディーネ達は、この世界の文明の興亡を見続けてきたはず。

この古代文明が滅んだ理由も知っていると思うけど――その手の話はいつも教えてもらえなかった。大精霊達なりの決まりがあるのかもしれない。

復元して気がついたのは、各建物で独立して魔導具を使うように建てられている事。

空に浮かぶ島という環境ゆえに井戸がないのは分かる。でも、大規模な湧水の魔導具によって湖や川まで形成されてるのだから、その水を利用してもよいのにと思うんだけどな。

また、大陸では一般的なかまどもなかった。キッキンでは、水の魔導具と火の魔導具を使う設計になっているようだ。

「かなり魔導具に頼った生活が行われていたんですね」

「そうだね。火を扱うにしても薪を使おうとしたら、森がすぐになくなってしまうだろうからね」

この古代文明が進んだ技術を持っていたのは間違いなく、街が魔導具で溢れていたとしても不思議じゃない。実際、街灯だったであろう朽ちた金属一つを見ても、その技術の高さが分かった。

「まあ、そのおかげで、大量の魔導具を復元する羽目になってるんだけどね」

「この都市を出入りする人も多くないでしょうし、場所を限定して整備するだけでいいのではないですか？」

ソフィアの提案はもっともだ。

さほど大きいわけではないが、それでもマックス一万人以上暮らせる広さはある。この世界の一般的な街の規模と比べても小さいとは言えない。

でも僕的には、いずれ住民を増やしたいと思ってるから、ちょっと無理したいんだよね。

「ううん、全部住める状態にするよ。もし僕がいなくなっても困らないようにしておきたいんだ」

「……」

僕がいずれ亡くなる事について触れたからか、ソフィアは複雑な表情をした。でも、すぐに普段通りに戻ってくれる。

僕とソフィアには、超えられない種族の壁がある。僕がどんなに長生きしたとしても、確実にソフィアよりも先に逝くのは避けられないんだ。

いずれ来るであろう別れを連想させちゃったかなと反省する。

寿命が他種族に比べて長すぎる事は、エルフが引き篭もりの種族になった原因の一つとされているのだ。

こればっかりは錬金術でも解決出来ないから……

◆

遺跡の残骸と石材や木材を合成して、古代都市を復元していくタクミ。

少し離れた場所で彼を見守るソフィアは、先ほどのタクミの言葉、そしてそれを言った時の彼の表情を思い出していた。

ソフィアは、タクミと同じ時間の流れを生きられない。だからこそ、ソフィアの中で決めている事がある。

（タクミ様が私よりもずっと早く逝くのは、神が定めた曲げられない理。だからこそ……）

ソフィアは今の忙しい生活が一段落したら、タクミの子を宿そうと考えていた。

今は警護の役目があるので、タクミの側を離れたり、戦えない身体になったりするのは憚《はばか》られる。

だが、もうそろそろ……

この事はこっそりとマリアとマーニと話し合っていた。

マリアとマーニもタクミの子を持ちたいという思いは一緒だったが、ソフィアには二人以上に切実な思いがあった。

実際、ソフィア達は動き出していた。

素材の収集を行い、レーヴァに二つの薬の製作を頼んでいたのである。

強精薬と受精補助薬。

それらは、ソフィアの目的のために欠かせない薬だ。

エルフという種族は、子孫を残す本能が生まれながらにして弱い。さらに、子供が生まれづらい体質である。

それらを解決するのが先の薬であり、ソフィアはそのレシピをドリュアスから伝授されたのだ。

（大勢の子、孫、ひ孫とその家族と一緒に、タクミ様のお墓を守っていく。マリアとマーニが産んだタクミ様の子孫達とともに……）

ソフィアの望みには、シルフやドリュアス達の思惑も絡んでいた。

それは、精霊樹と聖域の管理をタクミの子孫に引き継がせるという事。

ソフィアが産む子供の中には、当然エルフもいるだろう。その子達に、大精霊達は聖域の管理をしてもらいたいと思っているようだった。

◇

古代都市の復元作業の合間に、聖域の管理、ボルトンでパペック商会との取引、魔大陸の拠点の整備と拡張、アキュロスとの交易などなど、相変わらず僕は忙しく過ごしていた。

そんな多忙な日々を送りつつも、やっと……本当にやっと、都市の復元が終了した。

僕は大きく伸びをして、完成したばかりの古代都市を眺める。

「はぁ〜、ようやく終わった」

「内装と魔導具の設置が終わっていないところもありますが、一段落しましたね」

ソフィアが嫌な事を思い出させてくるけど……悪気はないと思う。

「……うん、分かってるよ。魔導具を追加で作らないとね」

「それに、天空島に移住させる準備も必要ですしね」

「だね、そのうち聖域の人口も増えて、手狭になってくるだろうからね」

そうなのだ。聖域の人口まだ少ないので余裕があるけど、すでに面積は広げられなくなっている。

これ以上人口が増えたら……というのを見越しての天空島の都市復元計画でもあったのだ。

まあ、天空島に移住しても聖域に戻れないわけじゃないので、移住するハードルは低い。

それはさておき、僕はソフィアを散歩に誘う事にした。

「完成した古代都市の街並みを確認したいから、ちょっと歩こうか？」

「はい」


大通りに出ると、ファンタジー世界に似つかわしくないロボットが立っていた。

これは遺跡にあった残骸を、僕が苦労して復元したものだ。

この世界にゴーレムは存在するし、僕も数多く作っているけど、この案内用ゴーレムの見た目は完全にロボットだった。僕はそのロボットに話しかける。

「中央区画の施設を案内してくれるかな？」

【了解イタシマシタ。ドウゾコチラヘ】

案内用ロボットに案内され、僕とソフィアは大通りを「滑る」ように進む。

僕らの足元にあるのは、動く歩道。よく空港なんかにあるやつだ。もちろん魔導具である。

この都市は、石畳の道一つとってみても、デコボコしたところがなく美しい。その広い大通りの両側に、二レーンの動く歩道があった。

自分で復元しておいてなんだけど、まるで中世から未来都市に紛れ込んだ気分だ。

【中央区画ノ施設ニ、到着イタシマシタ】

「ありがとう。助かったよ」

案内用ロボットに先導され、僕らは遺跡の中央区画にある大型施設に着いた。

ここは役所関連の建物かなと思ったんだけど、役所は別の場所に小さめの建物があったから違うようだ。

この大型施設は、天空島に暮らす人達が買い物したり娯楽を楽しんだり場所だった。

今は何もなくてガランとしているけど、広いショッピングセンター、劇場、シアター、プール、スーパー銭湯のような施設まであった。

もちろん全部復元してある。苦労したよ。僕が元日本人じゃなければ、出来なかったと思う。

大型施設を一通り見て回り、また違う案内用ロボットに教会へ案内してもらう。

これだけ発展した文明を誇った古代遺跡にも、立派な教会があった。どんなに文明が進んでも、心のよりどころは必要なのかもしれない。

教会は、ベルリンにあるカイザーヴィルヘルムに似た高い建物だった。同じドイツの教会ならケルン大聖堂の方が僕的には好みなんだけど、これは復元だからね。

中に入ると、ステンドグラスから光が差し幻想的な雰囲気になっていた。それから奥まで進み、二畳ほどの円形の上に乗る。

ちなみにステンドグラスに関しては、完全には復元する事は難しかった。

だからその辺は僕なりに変更したんだけど、聖域の教会とも違う幾何学模様を多用したこの世界では珍しい感じにしてみたのだ。

僕とソフィアが円形の上に乗ると、円形のプレートは音もなく浮き上がり、ドンドン上へと昇っていく。

これは教会の展望室へのエレベーターだ。

円形のプレートが止まり、扉が自動で開く。

足を踏み出すと、傾きかけた夕日に照らされた古代遺跡が一望出来た。結界のおかげなのかな、吹き抜ける風が穏やかで気持ちよい。

「しばらくはゆっくり出来るかな」

「……はい、きっと」

僕の横に寄り添うソフィアの手をそっと握ると、ソフィアも握り返してきた。

夕焼け空の中、結界の雲が流れる。

僕とソフィアは、復活した古代遺跡都市を飽きる事なく眺めていた。

17　久しぶりの指名依頼

天空島の古代都市の復元と、古代都市を囲む防壁が完成した。

それを受けて、聖域からの移住者募集を始めた。

聖域には天空島行きの転移ゲートを設置し、聖域と天空島を自由に行き来出来るようにしてある。

天空島で暮らすなんて楽しそうだと思うんだけど、希望者は少なかった。まあ聖域の快適すぎる環境を考えれば仕方ないかな。

ちなみに、天空島の移動は完了しており、聖域の西側海の上空を漂っている。

そうそう、ベールクト争奪戦以来、何度もバート君とバルト君の従兄弟コンビに装備をねだられていたけど……そのたびにベールクトが撃退してくれたんだよね。


そんなこんなでやっと時間が出来た。

僕らはその貴重な時間を利用し、久しぶりにボルトンの屋敷を訪れる事にした。

マーニとマリアは屋敷の掃除と倉庫にストックされた物の管理、レーヴァは個人的な研究をしている。僕とアカネはルルちゃんにお茶を淹れてもらい、リビングのソファーでダラダラしていた。

ただし、そうしたのんびり時間は長くは続かず——マリアが来客を知らせてきた。そのお客さんはすでに客間に通してあるとの事。

さっそく僕が客間に行くと、立ち上がり挨拶してきたのは、ボルトン辺境伯家の家宰《かさい》セルヴスさんだった。

「お久しぶりです、イルマ殿」

「ご無沙汰《ぶさた》しています、セルヴスさん。どうぞおかけください」

マリアがお茶を配り終えたタイミングで、僕の方からセルヴスさんに用件を尋ねた。なぜか分からないけど、セルヴスさん、すごく言い出しにくそうにしてたから。

「……大変申し上げにくいのですが、イルマ殿に受けていただきたい依頼があるのです。出来ましたら、我が主人より直接内容を聞いていただければと思いまして……」

「依頼ですか？」

「はい」

冒険者としての依頼なら、僕達への指名依頼なんだろうか。

お世話になってるボルトン辺境伯からの依頼という事もあり、僕は詳しく聞かずに承諾する事にした。

「分かりました。ボルトン辺境伯様にお会いして、話を聞けばいいのですね」

「ありがとうございます。これで私の役目を果たせました」

セルヴスさんはホッとしたような表情を見せる。よっぽど難度が高い依頼なのかな？

なんだか余裕がないみたいなので、そのまま僕はソフィアとマリアを連れて、セルヴスさんの乗ってきた馬車で、ボルトン辺境伯の屋敷である城に向かった。


会議室のような広い部屋に通され、十分ほど待っていると、ボルトン辺境伯がドアを開けて入ってくる。

「久しぶりだな、イルマ殿。忙しい中わざわざすまん」

「お久しぶりです、ボルトン辺境伯様。それで、僕に依頼があると聞きましたが……」

「うむ。その前に言わせてくれ。この依頼を受けるも断るもイルマ殿の自由だ。断ったからといって、イルマ殿にペナルティーが科される事はない。それを前提に聞いてくれ」

「……はい」

わざわざ呼んでおきながら、断っても問題ないらしい。妙な話だなと思いつつ、それだけ危険な依頼なのかと緊張して話の続きを聞く。

「イルマ殿も一度会った事がある、我が友ロックフォード伯爵に関わる話なのだ」

ロックフォード伯爵には、派手にもてなされた思い出があるけど。

ちょっと個性的なキャラクターのローズ夫人が、ソフィアとマリアが着けていた下着に興奮して、ねだってきたんだ。

「イルマ殿は覚えているだろうか。ロックフォード卿には嫡男《ちゃくなん》のロッド殿と、その下に娘がいたのを」

「娘さんの方は確か……エミリア様でしたっけ？」

ボルトン辺境伯と一緒に会ったあの時は、確か四、五歳だったと思うから、今は七、八歳くらいかな。

「うむ、そのエミリア嬢が病に倒れたのだ」

「えっと、僕はポーション類は作りますが、ヒールポーション系とマナポーション系だけですよ。一応、回復魔法も使えますが……」

僕が使う回復魔法はちょっと特別だ。

普通の治癒師は怪我を治せるけど、病気の治療は基本的には出来ない。病気の場合は、体力を回復させて自然治癒力に頼るという手段が一般的なのだ。

だけど僕は、症状を詳細に鑑定し、病気の原因を把握して回復魔法で除去する事が出来た。しまった……僕の回復魔法の異常さを知られたのか？

すると、ボルトン辺境伯は首を横に振る。

「エミリア嬢の病は、普通の薬や回復魔法じゃどうにもならんのだ……というのも、エミリア嬢は魔力枯渇症なのだ」

「魔力枯渇症、ですか？」

知らない病名だったので僕が首をかしげていると、ボルトン辺境伯が詳しく教えてくれた。

「魔力枯渇症」というのは、身体中の魔力が徐々に失われていく病気らしい。

この世界に生きる者は、人間であれ、動物であれ、植物であれ、虫であれ、そして当然魔物であれ、身体に魔力を保有している。

魔法を使えない、魔法を行使する素養がない者であっても、身体には魔力を保っているという。

その体内に保有する魔力は、身体を動かすために使われている。それは、生命維持にさえ関係しているらしい。

だからこそ、魔力がなくなる事は死に直結する。

「……王都にいる優れた薬師でもダメなのですか？」

「魔力枯渇症は、昔からごくわずかな症例があるだけ。その原因が分からなければ、治療法も確立されていないのだ。ゆえに、マナポーションで症状を緩和できても、病状を止める事は出来ない」

「えっと、僕がダメ元で回復魔法を使えばいいのですか？」

でも、魔力がなくなるのを防ぐイメージというのが全然出来ないな。

原因が特定出来れば癌《がん》だって治せると思うけど、原因がまったく分からないものは、どうイメージしていいのか分からない。それこそ本当にダメ元になってしまうけど――

しかし、ボルトン辺境伯の依頼は違うようだった。

「いや、ただ一つだけ完治させる霊薬《れいやく》があるのだ」

「霊薬ですか？」

「ああ、その霊薬をソーマという」

「……ソーマ」

ボルトン辺境伯の口から聞かされたその名は、僕の前世の知識にもあるものだった。確かインド神話に出てくる、神々の飲み物だったと思う。

「それが必要なのですか？」

「うむ、ソーマがあればエミリア嬢の魔力枯渇症を完治させる事が出来る。イルマ殿も知っていると思うが、ロックフォード卿は儂の親友なのだ。柵《しがらみ》だらけの貴族同士の付き合いの中で、唯一親友と呼べるのが、ロックフォード卿だ。エミリア嬢が発病してからというもの、あの明るかったローズ夫人も憔悴《しょうすい》しきっていると聞く。少しでも可能性があるのならそれに賭けたい」

ボルトン辺境伯は、あらゆる伝手《つて》を使ってソーマのレシピを調べ出したという。

それにもかかわらず「可能性に賭ける」としか言えない理由は——その素材を揃えるのが尋常じゃないほどハードルが高いためらしい。

「……みんなと相談しても構いませんか？」

さすがに僕だけで判断する事が出来なかったので、一度持ち帰りたいと伝えると、ボルトン辺境伯は構わないと言ってくれた。

セルヴスさんが手配してくれた馬車に揺られながら、僕は先ほどの依頼について考えていた。

ソーマのレシピは、聖域を通して友好的な関係を持つようになった、エルフの国ユグル王国から得られたらしい。当然、それなりの対価が支払われたのだと思う。

この大陸に人間の国が誕生する以前、はるか昔からの記憶を繋ぐエルフ。彼らは伝説の霊薬のレシピまで記録として残していたようだ。

ただ、それが分かっても難度の高さは変わらない。むしろ素材集めの難しさゆえに、伝説として語られるのだから。

そう、ソーマ作成を困難にしているのは、その素材を入手する事が不可能に近いからだ。

必要な素材は三つ。

［竜の心臓］
新鮮な竜の心臓は、竜の高い生命力ゆえ、様々な薬の素材となる。
［世界樹の葉と雫《しずく》］
欠損や瀕死《ひんし》の重傷も瞬《またた》く間《ま》に回復するエリクサーの素材にもなる。
回復薬系では最高級の素材。

［仙桃《せんとう》］
死の森の奥地に自生する伝説の果物。
採取して二日以内に食べるか、加工しないと腐ってしまう。

これらの素材と聖水があれば、作成出来るという。

当たり前だが、どれだけ大金を積もうが手に入るはずもない。

新鮮な竜の心臓を得るためには、竜を狩る必要がある。それも亜竜ではダメで、竜のダンジョンで下層に出現するクラスでないといけない。

世界樹の葉と雫は、ユグル王国で数年に一度、ごくわずかな量が取引されている。当然、お金で手に入る類の物ではない。

最後の仙桃が、最も難度を上げている素材だ。

まず、自生する場所が場所だった。

死の森は、この大陸にある魔境で最も広く、最も魔素が濃い。冒険者ギルドでも、奥地への立ち入りを禁止しているほどの超危険地帯なのだ。

冒険者になって間もなくの頃、エルダートレントに苦戦したのを思い出すけど、あれは死の森の周辺に過ぎなかったし。

それに加えて仙桃には、採取して二日以内に食べるか加工しないといけないという制限が付いている。

死の森の奥地なんて何日かけてもたどり着けるか分からないし、戻るのに何日もかかるだろう。

難しい指名依頼に、僕はどうしようかと頭を悩ませていた。

ところが、リビングにみんなを集め、今日ボルトン辺境伯から聞いた指名依頼の話をしたところ――

「バカじゃないの？」

アカネに言われてしまう。

「そのソーマの素材のうち、面倒なのは仙桃だけじゃない。それも面倒なだけでしょう」

「えっ？」

「考えてもみなさいよ。世界樹の葉と雫は、精霊樹で代用出来るでしょ」

僕がその場にいたドリュアスの方を見ると、ドリュアスは微笑みながら言う。

「むしろ、今の精霊樹なら世界樹よりも効果の高い物が出来るでしょう」

「ねっ、これで一つは解決。二つ目の竜の新鮮な心臓。これなんて、竜のダンジョンなら嫌ってほど確保出来るでしょう？　三つ目の仙桃は死の森の奥地に自生するのよね。確かに死の森は、ボスクラスの魔物が大量に出没するって事だけど……魔大陸の魔境や竜のダンジョンで狩りをする私達なら問題ないんじゃないの？」

アカネの言う事を考えてみる。

……うん、竜クラスが群れで出てきてもなんとかなるか。あれ？　そういえば仙桃の鮮度も、アイテムボックスがあれば問題解決だよな。

「……問題なさそうだね」

「ねっ」

アカネのドヤ顔が少しムカつくけど、僕がバカだったから仕方ない。

ソフィアとマリアも自信ありげに言う。

「そうですね。油断は禁物ですが、私達なら大丈夫ではないでしょうか」

「レギュラーメンバーと従魔だけならイケるんじゃないですか」

僕は気を取り直して、みんなに伝える。

「分かった。ボルトン辺境伯には受ける方向で返事するよ。みんなは準備をお願い」

「「「はい」」」

みんな余裕そうにしているものの、なんだかんだいって久しぶりの指名依頼は、なかなかハードになりそうだ。

◇

みんなで話し合った次の日。

僕はボルトン辺境伯のもとを訪ね、指名依頼を受ける旨を伝えた。その後、正式な依頼とするため、セルヴスさんと冒険者ギルドで手続きをする事にした。

冒険者ギルドの扉をくぐったところで、受付のハンスさんに声をかけられる。

「おや、タクミ君。久しぶりだね」

「ご無沙汰してます、ハンスさん」

「今日は依頼かい？」

ハンスさんの質問に、セルヴスさんが答える。

「イルマ殿には、お館様《やかたさま》より指名依頼を受けていただきます」

それからセルヴスさんは依頼書を取り出して、ハンスさんに差し出した。

「指名依頼の内容は、こちらに記しています」

「拝見します……なっ!!」

ハンスさんは絶句してしまった。

「セルヴス様、これは……本当なのですか？」

「はい。間違いなくお館様からイルマ殿への指名依頼にございます」

「少々お待ちください」

そう言うとハンスさんは席を立ち、慌てて二階への階段を駆け上がった。

まあ、アレが普通のリアクションだよね。魔大陸や天空島など冒険している僕でも、最初は無理だと思った依頼内容だから。

ハンスさんが息を切らせて戻ってきた。

「セルヴス様、タクミ君、会議室へお願いします」

会議室に通された僕とセルヴスさんを、冒険者ギルド、ボルトン支部のギルドマスター、バラックさんが物々しい感じで待っていた。

「セルヴス殿、イルマ殿、どうかおかけください」

いつも「タクミ」と呼び捨てなのに、珍しく「イルマ殿」と呼ぶバラックさんの表情は固い。

バラックさんがセルヴスさんに問う。

「セルヴス殿、イルマ殿……いや、タクミに依頼した内容に間違いはないのですか?」

「はい、間違いはございません」

「……そうですか。タクミはコレを受けるんだな?」

「はい、受けようと思っています」

僕の返答を聞いて、バラックさんは顔をしかめた。

沈黙が会議室を占める事、しばらく。

「……分かった。ハンス、この指名依頼を受理する手続きを頼む」

バラックさんは書類をハンスさんに渡した。ハンスさんは書類を手に会議室を出ていく。バラックさんが渋々といった感じで口にする。

「ふぅ……正直に言えば、ボルトン辺境伯からの指名依頼だとしても、容認出来ない内容です……ですが、タクミならなんとかしてしまいそうな……いや、なぜか確信があります……だがなタクミ、無理だけはするなよ」

「はい、ありがとうございます。僕には心強い仲間がいますから大丈夫です」

バラックさんが、僕の事を心から心配してくれているのは分かる。だからこそ僕はバラックさんに、必ず全員無事に戻ってくる事を力強く約束した。

なお、依頼の期限は一年、報酬は成功報酬としてもらった。

ボルトン辺境伯としては決まった額を前払いし、成功報酬として別途支払うつもりだったようだけど、お金には困ってないので断っておく。

竜のダンジョンでも死の森でも、そこで狩れば大金が手に入るのは間違いないしね。

成功報酬は、ソーマが一人分完成した時にもらう事にした。実は、この一人分というのがミソなんだけど……

◆

タクミとセルヴスがギルドをあとにしてから、バラックはギルドマスターの部屋に戻った。疲弊した顔のバラックにハンスが尋ねる。

「ギルマス、あれで本当によかったんですか？」

バラックはため息混じりに答える。

「……タクミ以外なら不受理だ。依頼内容が無茶苦茶だからな。竜の心臓に、世界樹の葉と雫、極めつけは仙桃だ。お伽話《とぎばなし》じゃあるまいし、Sランクの奴らでもお手上げだろうぜ」

「なら、なぜ受理したのです？」

ハンスの目が非難しているのは、バラックにも分かっていた。

ハンスは、タクミが初めてギルドを訪れた時から彼の担当をしている。タクミに思い入れがあり、弟のように可愛がっているのは、バラックも知っていた。

「大丈夫だ、ハンス。今のタクミは、俺との模擬戦で地面を這わされていた頃のタクミじゃねえ。今では、俺ごときじゃあ逆立ちしても勝てねえよ」

「本当ですか？　ギルマスがそこまで言うなんて……」

ハンスは戦士ではないので、タクミの強さが分かっていない。バラックの言葉は信じがたいが、冒険者の街ボルトンの冒険者ギルドトップが言うならと素直に受け入れた。

「ボルトン辺境伯もまったく可能性のない依頼は出さんだろう。タクミの実力に関しても、俺達が知らない情報を持っているのかもしれん」

「まあ、最近のタクミ君は忙しくて、ギルドの仕事はしていませんでしたからね」

久しぶりにギルドを訪れたタクミが、ボルトン辺境伯から受けた依頼は、誰が見ても不可能と言わざるをえないものだった。

だが、ウェッジフォートの街を作り、聖域を巡るトリアリア王国との戦争に参加し、シドニア神皇国を潰したのが、実はすべてタクミ達だったというのはうっすらと伝わっている。

そして今日、久しぶりに会ったタクミは、またとてつもなく強くなっていた。

バラックは確信を持って口にする。

「大丈夫だ。タクミなら無事にやり遂げるだろう」

「そうですね……」

最初ギルドを訪れた時の頼りなさはもうない。一人前の青年に成長したタクミなら必ず……そう思うバラックとハンスだった。

18　行動開始

聖域の屋敷で、僕はみんなと作戦会議をしている。

ドリュアスがなんだか楽しそうに言う。

「それにしてもソーマなんて、懐かしい名前が出てきたわね。でも魔力枯渇症なら、ソーマかアムリタしかないものね」

ドリュアスは魔力枯渇症についても詳しく知っていた。

魔力枯渇症はボルトン辺境伯の説明通り、身体から魔力が失われる病で間違いなかった。ただし、生命を消し去るまで魔力を奪い続けるという、ちょっと怖いもののようだ。

ボルトン辺境伯はそのあたりをボヤかしていたけど、やっぱり死に至る病気だったんだな。

ちなみにドリュアスの言ったアムリタとは、飲むと不死とは言わないまでも、ハイエルフよりも長い寿命を得る薬らしい。

普通の人間にとってそれはもはや呪いでしかない気もするので、魔力枯渇症を治す薬としてはソーマ一択になる。

アカネが尋ねてくる。

「竜の心臓は、魔大陸にある竜のダンジョン下層よね？」

「そうなるかな。こんな事なら心臓を確保しておけばよかったな」

本当に一匹くらいまるごと残しておけばよかったと思う。僕が残念そうにしていると、アカネが軽い感じで言う。

「まあ、それはいいじゃない。今度は下層を真っすぐに目指せばそんなに時間もかからないと思うわよ」

「マスターとカエデなら、あっという間だよ」

カエデもそう言ってるし、その通りなのかな。

確かに、前回潜った時は魔石収集が目的だったから時間がかかったけど、戦闘を避ければ、マッピングの済んだダンジョンなので下層までサクッと行けるかもしれない。

「竜の心臓はそれでいいとして、世界樹の葉と雫はミーミル王女に頼んで譲ってもらうんだっけ？」

「あら、先ほども言ったけど、わざわざ世界樹をもらってこなくても、精霊樹で大丈夫よ」

そういえば、ドリュアスはさっきもそんな事を言っていたね。

「世界樹よりも、聖域の精霊樹の方がよいのが出来るって事でいいんだよね」

「そうよ」

ドリュアスが言うには、今の精霊樹には世界樹にも負けない力があるとの事。それどころか聖域には大精霊がいるため、ユグル王国にある世界樹以上の効果を発揮するらしかった。

「私達の影響以外にも、この聖域はタクミが念入りに浄化し、魔導具を使った浄化結界まで施したわけじゃない。そこまでされた清浄な土地で、力ある地脈が通っているのだから、精霊樹が世界樹に劣るわけがないわよ」

どうやら聖域の精霊樹は、僕が思っているよりもすごい存在になってるみたいだ。

「これで一つ目の素材はＯＫだね」

「葉と雫は私に任せておいてちょうだい」

ソーマの素材一つ目の世界樹の葉と雫は、精霊樹で代用するとして、ドリュアスにお任せする事にした。

僕は、ソフィアに向かって言う。

「次は、魔大陸で竜の心臓を確保だね」

「そうですね。死の森はさすがに時間がかかるでしょうから、先に竜のダンジョンへ行きましょう」

死の森の探索は、野営をせずに夜は屋敷に転移で戻って休みながら進める予定だ。それでも何日かかるか読めないので、後回しにした方がいいだろうな。

そんな事を考えていると、アカネが思い出したように言う。

「それとタクミ、ベールクトが一緒に行きたいらしいわよ」

「えっと、アカネはOKしたの？」

「ちゃんとした返事はしてないけど、たぶん大丈夫だって言ったかな」

うーん、確かにベールクトは、前回の竜のダンジョンにも同行しているから、今回も大丈夫だと思うけど……

「それって、死の森もって事だよね？」

「ええ、私も死の森は初めてだけど、ベールクトなら大丈夫でしょ。タクミがあげた槍もあるんだし、心配なら防具も新しいのをあげたら？」

そういえば、アカネ、マーニ、レーヴァ、ルルちゃんも死の森は初めてか……

僕が考え込んでいると、ソフィアが気楽そうに言う。

「タクミ様、以前とは違い、タイタンもいますし、他にもフェリルやグロームがいますから大丈夫じゃないでしょうか」

「ソフィアさん！　セルちゃんを忘れちゃダメであります！」

レーヴァまで遊びに行く感じになってないかな。でもまあいいか。

「そうだね。うん、じゃあベールクトにはＯＫって言っておいて」

ソフィアも今の僕達ならベールクトをフォローしながらでも大丈夫だと言ってるしいいかな。もちろん、鎧の強化は必須だけど。

19　再びの竜のダンジョン

「いやー、嬉しくて飛び跳ねたいですよ」

ベールクトがニッコニッコのご機嫌だ。

武闘会のご褒美に槍をもらってウキウキなところに、竜素材をふんだんに使って作った革鎧と籠手《こて》まであげたんだ。ベールクトの身を守るためとはいえ、それからずっとテンションが高い。

「ベールクト、落ち着いて。今回は無駄な戦闘はせずに駆け抜けるから、集中しないと怪我するぞ」

「はーい！」

元気よく返事をするベールクト。

進化を続けるこのベールクトに、バート君とバルト君は追いつけるのか？　いや、すでに周回遅れか。バート君とバルト君はベールクトよりも強くなる事を目標にしているみたいだけど……あんまり訓練しているのを見た事ないんだよな。


僕達は、魔大陸にある竜のダンジョンの前までやって来た。

「じゃあ、魔物との戦闘は最小限に留めて下層に急ぐよ」

「「はい！」」

探知能力に優れたカエデが先頭に立ち、ダンジョンに足を踏み入れる。

カエデの後ろに僕とソフィア、真ん中にアカネとルルちゃん、その左右を守るようにマリアとレーヴァ、そのあとにベールクトとマーニ、最後尾にタイタンという陣容で最短距離を進む。

どうしても避けられない魔物に限って戦闘し、フェリル達従魔まで呼び出して最速で終わらせた。

何度かの戦闘を終わらせたあと、ソフィアはどこか違和感を覚えたらしい。

「魔物の数が少ないですね」

「そうだね。前回は魔物を狩り尽くす勢いだったからね。さすがの竜のダンジョンも、回復するには時間がかかるんじゃないかな」

実際、ソフィアの言うように魔物とのエンカウントが極端に少なかった。まったくいないわけじゃないけど、ベールクトが不満を言う程度しか戦闘をしていない。

「前回来た時にマーカーを置いておいて、転移で下層に飛べればよかったんだけどね」

「マーカーを設置しても、ダンジョンに異物と認識されてしまえば三日も経たずに吸収されてしまいますから、ダメだと思いますよ」

まあ、もともとマーカーを残していないから無理なんだけどね。

それに、簡単に下層にひとっ飛びすると、ウチの戦闘狂気味のお嬢さん達から不満が出るしね。

現に今だって、欲求不満気味に大暴れしている。

ベールクトの槍の穂先から放たれた雷撃が、バジリスクを襲う。

バリバリバリッ!!

GYAOOOON!!

バジリスクが巨体を硬直させた。その決定的な隙をついて、フェリル達従魔、マーニ、レーヴァ、アカネ、ルルちゃんが一斉に襲いかかる。

ズドォオォン!!

バジリスクの巨体が、呆気なく地面に沈んだ。

ベールクトが嬉しそうに報告してくる。

「ヤッター！　私、活躍しましたよね！」

「……う、うん、頑張ったね」

そうそう、いつの間にか余裕が出来ていたのでペースを緩めて、戦闘はベールクト、マーニ、レーヴァに任せる事にしたのだ。ちなみに、レベルが高い僕、ソフィア、マリア、カエデ、タイタンは見守り係だ。

僕はソフィアにコソコソと話しかける。

「……バジリスクが可哀想になる蹂躙劇だったね」

「……はい。マーニとレーヴァは私達に追いつきたいのでしょう」

僕の視線の先では、マーニとレーヴァとマーニがバジリスクを手早く解体している。純粋に強くなりたいだけのベールクトと、二人の動機は異なるのだ。

この世界ではレベルが高い者ほど長寿になる。実際、英雄と呼ばれた高レベルの人達は、長生きをしている。それはどの種族にも当てはまり、高レベルの獣人族が三百歳まで生きたという記録もあるらしい。

マーニとレーヴァの思いは、短命の獣人族であっても僕達と一秒でも長くいたいというものだ。

それが彼女達を戦闘に駆り立てていた。

竜のダンジョンも下層に入り、もともと広かったダンジョンの階層がさらに広くなってきた。

「よかった……お化けミミズの群れは、まだ復活していないみたいだね」

「ああ、ヒュージグラトニーワームですね」

僕はあの巨大ミミズを竜種とは認めない。うねうねと動く巨大ミミズなんてトリハダものだ。

その後、ほとんど戦闘する事なく下層を進む僕達を出迎えたのは——全長30メートルはありそうな土属性の上位竜だった。

「ロックドラゴンです」

「岩竜《いわりゅう》か……鱗《うろこ》は採れるのかな？」


GAOOOOOOOON!!


ロックドラゴンの咆哮《ほうこう》が僕達を襲う。ベールクトだけが少し動揺したようだけど、ここにはあの程度の咆哮で動けなくなる者はいない。

タイタンが背に爆炎をまとい、巨大な弾丸と化す。

ドガァァァァーーン!!

タイタンの攻撃でロックドラゴンの硬い鱗が飛び散り、そこを狙ってアカネやレーヴァの魔法が降り注ぐ。

魔法で深く抉《えぐ》られた場所へ、マーニとベールクトが一撃を入れて離脱する。

反撃しようとするロックドラゴンだったが——その身体はすでにカエデの糸で拘束されていた。

最後に、僕、ソフィア、マリアの三人が魔槍を同時に繰り出し、ロックドラゴンにとどめを刺す。

ズドォォォン!!

全長30メートルの巨体が地面に沈む。

「うーん、さすがにこのクラスになると、私達じゃ仕留めきれませんね」

「そんな事ないよ。ベールクト達でも時間をかければ大丈夫だと思うよ」

上位竜ともなると、ベールクト、マーニ、ルルちゃんあたりでは火力不足で倒すには時間がかかってしまう。

斃したというのに不満げにしているベールクトは、もう立派な戦闘狂だ。

この娘、嫁にちゃんといけるのか?

「このロックドラゴンの心臓ならソーマの素材にも十分でしょう。さっそく解体しましょう」

「そうだね。いつか心臓以外の部位も必要になるかもしれないから、売らずにストックしておこうか」

ソフィアに向かって僕はそう言うと、みんなで手分けしてロックドラゴンの巨体を解体していく。

タイタンが、その大きな手で鱗をめりめりと剥がしていき、僕とレーヴァは用意してあった樽に血を入れる。ソフィア達女性陣は、ロックドラゴンの肉を切り分けていった。上位の竜種の肉は絶品なんだよね。

「よし！　心臓確保！」

僕は、ロックドラゴンからその心臓を取り出すと、鮮度を保つため専用の容器に入れ、すぐにアイテムボックスに収納した。

ソフィア達が切り分けた肉や、タイタンが剥がした鱗、腑分《ふわ》けした内臓も部位ごとに収納。骨、爪、牙など余すところなく収納すると、その場には砕けた鱗の残骸と血の跡だけが残った。

「さあ、さっさと帰ろうか」

目的を達成した事だしすぐに帰ろうとしたんだけど、ベールクトのリクエストもあり、魔物を倒しながら地上へ戻った。

20　死の森再び

その森は、人を寄せつけない魔力でもまとっているようだった。

「でも、不思議と懐かしくも感じるね」

「そうですね。あの頃は、カエデちゃんを入れて四人でしたが、随分仲間も増えました」

「そうですねー。エルダーなトレントさんにひどい目に遭わされちゃいましたもんねー」

なんだか感傷的な気分になってしまう。ソフィアとマリアも僕と同じような感じだけど、なんか軽すぎないかな。

あの頃は僕も駆け出しの冒険者だったし、危ない事にもよく遭ったなぁと懐かしく思う。いや、危ない目には今でも頻繁に遭ってるか。

「相変わらず外縁部にはトレントが多そうだね」

「トレントは、不必要に近づかなければ襲ってきませんから、今回はスルーした方がいいと思います」

「そうだね」

その後、いつものようにカエデを先頭に、死の森へ足を踏み入れる。

やはり死の森は、他の魔境とは全然違った。

魔物の密度が異常に高い。魔物を避けながら奥を目指して進んでいるのだけど、それでもエンカウント率がやたらと高かった。

ザンッ！　ドサッ！

擬態《ぎたい》していたカメレオンマンティスを、僕は斬り捨てた。

カメレオンマンティスは、体長3メートルにもなる蟷螂《かまきり》の魔物。その名の通りカメレオンのように擬態して狙ってくる。

まあ、僕達の前ではただの木偶《でく》の坊《ぼう》になるんだけどね。僕達は探索能力が高いので、魔物に対して常に先手を取れるのだ。

討伐に時間が取られそうなので、群れる習性のある魔物や、統率個体のいる集団を相手にするのは極力避けてはいる。

それでも、どうしても避けられない戦いもあり――

ブゥフゥウゥウーー!!

興奮した魔物の叫び声が聞こえてくる。

「はぁ、僕以外のメンバーが女性だから、コイツらに見つかると面倒だと思ってたんだけど……」

「仕方ないですよ。女の敵です。根絶やしにしましょう」

興奮して襲いかかる魔物の喉を、ソフィアの槍が切り裂く。続いてやって来る大群を、マリアの炎が派手に燃やし尽くした。他の女性陣も加わって殲滅劇が繰り広げられる。

一方的に蹂躙されているのは、オークキング率いるオークとオークナイトの群れだ。さすがキングが統率する群れだけあって数が多く、全部で二百は超える。

僕とタイタンは、ソフィア達のフォローをしていた。

「ああ!　森の中で火の魔法は控えて!」

僕がそう叫ぶも、彼女達の猛攻はやむ事がない。きっと、オーク達を根絶やしにするまで止まらないだろう。

バリバリバリッ!!

サンダーイーグルのグロームの攻撃に合わせて、ベールクトが雷撃を雨のように降らせる。

僕はベールクトの魔力残量をチェックしながら、ルルちゃんやアカネに近づくオークを斃していった。

ルナウルフのフェリルは、主人であるアカネの周りを高速で駆け、オークを近寄らせないようにしていた。

しかし、死の森では大きな群れは出来にくいとされているのにどうしてだろうな。生存競争が激しいこの地では、繁殖力の強い魔物といえど数を増やすのは難しいはず。

それにオークは、他種族の雌《めす》を襲って繁殖する必要があるので、人が訪れない死の森で、オークがここまで増えるというのはおかしかった。


しばらくして、ソフィアが精霊の声からオークの集落を見つけた。これが、オークの群れが大規模化していた原因らしい。

ソフィア達女性陣の望むのは、もちろん集落の殲滅だった。

「「「ギャアァァァァァァ!!」」」

集落のあちこちで、野太いオークの悲鳴が木霊《こだま》する。

僕とタイタンは、オークの集落が壊滅するのを見ながら唖然としていた。

「オークキングって竜並みの強さだったよね」

「……アレヲミルト、アワレニオモエマス」

巨体のオークキングがうちの女性陣総出の攻撃に晒され、滅多打ちにあっている。オーク達はただただ暴虐の嵐に晒され、泣き喚き、狩られる立場になり下がっていた。

まあそれでも、さすがはタフなオークキングとも言えるかな。キレたソフィア達を相手に、二十分くらいは保ったのだから。

ズドォォォォン!!

巨体が沈んだ。

ソフィア達の笑顔が少し怖いと思ったけど、僕はおかしくないと思う。

雑魚敵を掃討していたカエデも戻ってきた。

ソフィア達女性陣が休憩している間に、タイタンは集落の建物を破壊し、僕はオークの残骸の処理をして回る。

これってしなくてもよかった戦闘だよね……なんて怖くて言えない。ベールクトのレベルがいくつか上がったからよしとしよう。

21 その森広大につき

僕たちは未だに仙桃を見つけられずにいた。

一日中探索を行い、日が暮れる前に目印となるマーカーを配置して、聖域の屋敷に転移で戻る。

そんな毎日を送り、これといった収穫のないまま三日が過ぎた。

聖域の屋敷の広間で、僕はため息を吐く。

「見つからないねー」

「申し訳ありません。精霊も死の森では、瘴気が邪魔をして探索が出来ないようで……」

「いや、ソフィアが悪いわけじゃないから。精霊も広い魔境から仙桃を見つけるなんて無理だと思うよ」

精霊は魔素を好むが、瘴気は避ける。そのため魔境には精霊の数が少なく、こうした探索には向いていなかった。

「まあ、早く見つかるに越した事はないけど、まだ時間はあるんだから、焦らずにじっくりと取り組もう」

「そうですね。見落としがないように気をつけて探しましょう」

僕とソフィアは気が滅入りそうになっていたけど、マリアとベールクトはなぜか楽しそうだった。

レーヴァとマーニまで満更でもなさそうにしている。

僕が不思議に思っていると、アカネがやれやれというふうに首を横に振る。

「そのくらい察しなさいよ。仙桃の探索って面倒な事はあるけど、その間はタクミと一緒に過ごせるのが楽しいんじゃないの。女心を理解する努力をしなさいよ」

「……ごめん。いつもありがとう」

そういえばここのところ、みんなと過ごす時間が少なかったかもしれないな。僕は深く反省しつつ言う。

「じゃあ、今日も行こうか」

「「「はーい！」」」

気を取り直して、僕は昨日設置したマーカーを目印に、死の森へ転移した。

広い探索範囲を誇るカエデと、鋭い嗅覚を持つフェリルとセルがいるので、魔物からの奇襲に遭う事もない。

……だが、やはり今日も何も得るものはなかった。


「はぁ〜、今日も疲れたねえ」

「だいたいの範囲はドリュアス様から聞いてますが、範囲が広すぎますね」

ソフィアの言うようにドリュアスからは、おおよその場所は聞いているのだけど、そのおおよそがとてつもなく広い。大精霊は細かい事は気にしないタチだからな。

一日中、日が暮れるまで探索をして、かなりの回数戦闘をこなして帰ってきた。

マーニが食事の準備するためキッチンに向かい、ルルちゃんはお手伝いのためにマーニのあとを追う。

「タクミ様、先にお風呂へどうぞ。お背中流しますね」

「マスター！　カエデも一緒に入るー！」

僕はマリアの勧めに従って、お風呂に入る事にした。

カエデがお風呂で遊ぶのを横目に、ソフィアとマリアが僕の身体を洗ってくれる。

以前は照れくさくて仕方なかった混浴だけど、さすがに慣れてきた。

今や僕は幸せ者だと思う事にして開き直っている。

お風呂で疲れを癒し、マーニの手料理を食べた僕は、また明日から始まる探索に備えて、早めに寝室へと向かった。

◇

何も手掛かりのないまま、死の森探索はなんと十日目を迎えた。

ソフィアが心配そうに言う。

「タクミ様、ベールクトはあんなに強くなって、バート君とバルト君は大丈夫なのでしょうか？」

僕が視線を向けるその先には――僕から渡されたガンランスロッドを見事に使いこなし、ダンジョンの中ボスクラスの魔物とタイマンするベールクトがいた。

「……いや、男は強さがすべてじゃないから……たぶん」

強くなってベールクトをものにすると言っていたバート君とバルト君の望みは叶いそうにない。

そこでフォローしてみたものの、マリアが冷たい事を言う。

「タクミ様、それは無理だと思いますよ。ミノムシとボロ雑巾じゃ、ベールクトには釣り合わないと思いますもん」

「いや、せめて名前で呼んであげて」

再びベールクトに視線を戻し、僕は告げる。

「ベールクトが強くなるのは、有翼人族全体のためにもよい事だよね。それを陰から支えるのなら、強さなんて必要ないと思うんだ」

「タクミ、あの二人は諦めなさい。私もベールクトにあの二人はナシだわ」

「ルルも同じ意見だニャ」

アカネとルルちゃんにまでそう言われ、苦しいフォローを入れる僕がバカらしくなってきた。

兄貴なんて呼んでくるから力になってあげたくなるけど、なぜかバート君とバルト君の二人は、うちの女性陣から評判がよくない。

ああ、一人で倒しきったよ、ベールクト。

……どうしよう。仙桃が見つかる頃にはもっと強くなっているんだろうな。

◇

死の森の探索を始めて、十二日経った。

探索するにあたり、マッピングも同時にしていた事もあり、魔物や植生の分布図がだいぶ出来上がってきた。

レーヴァが嬉しそうに言う。

「上級回復薬や上級のマナポーションに使えそうな素材は、たくさん集まったであります」

「レシピの研究をしないといけないね」

レーヴァはさらに、濃い魔素の中だけで育つ植物やキノコを大量に採取していた。それらを使って効能の高い薬類を作れないか、色々と試さないといけないね。

希少な魔物素材や薬草類を確保しつつ探索していたんだけど……いつもより魔物の気配が多い気がする。

大きすぎる気配、主に竜種なんかの魔物は避けるようにしている。時間のかかる戦闘は極力したくないからね。

同じ理由で大きな群れも避けているんだけど、何か違和感を覚える。慎重に気配を探ると——ある場所から魔物の気配が突然現れていた。

「なんだろうね」

「うーん、カエデ分からない」

僕とカエデが考え込んでいると、ソフィアが「もしかして……」と話してくれた。

「私もエルフの長老から聞いた話なのですが、大きな魔境では魔素の集まる場所が出来る事があるそうです。魔力スポット、もしくは魔素溜まりと呼ばれ、そこから突然魔物が生まれると言われています」

「魔物って、親から生まれる以外にも発生するのか……」

「知られていない話なので、どこまで本当なのかは分かりませんが……魔界と繋がっているのだとか言われています」

ソフィア達にはここで待機してもらい、僕とカエデで斥候に赴く事にした。

隠密スキルと隠匿の外套で、他者から認識されないようにすると、さらに息を潜《ひそ》め、腰を落とし流れるように身体制御して、歩法《ほほう》にまで神経を行き渡らせる。

ソフィア達の目には、僕とカエデが霞《かすみ》のように風景に溶けたように見えたかもしれない。驚くベールクトの声を聞きながら、僕とカエデはアタリをつけていた場所へ向かう。

そこは目で見えない魔素が集まり、黒く渦巻いていた。

実際には魔素には色も何もないのだけど、魔力感知のスキルレベルが高いせいで、そう見えたのかもしれない。

僕は、目の前の魔力スポットから強い瘴気を感じ取った。これが魔物を生み出すキーになっているんじゃないかな。

しばらく観察していると、魔力スポットから魔物が出現した。

生まれたのは、キラーエイプである。

そのキラーエイプは成体の姿で出現していた。キラーエイプは周囲を見回すと、どこへともなく去っていった。

その後も観察を続けていると、一定の時間を置いて魔物が生み出されているのが分かった。だが、しばらくすると、魔力スポットは濃密な魔素を失い消えてしまった。

僕はカエデにみんなのところへ戻る合図を送ると、来た時と同じように、魔物から見つからないよう撤退した。

「はぁ〜、緊張した〜」

「お疲れ様です」

無事にみんなのもとに戻ってきて、僕は安堵の息を吐く。

僕とカエデなら遭遇する魔物と戦っても問題ないだろうけど、魔力と体力を消耗するのは極力避けたいからね。

一息ついていると、アカネが待ちきれないといった様子で聞いてきた。

「で、どうだったの？」

「うん、魔界や幽世《かくりよ》と繋がっているのかは分からないけど、魔力スポットには違いなかったよ」

それから僕は、見てきた事をそのまま話した。話を聞き終えたアカネが、眉間にしわを寄せて尋ねてくる。

「一定数の魔物を生み出すと魔素溜まりは消える仕組みなの？　そんな現象があちこちで起こってるって事？」

「たぶんね。ここだけじゃなく他の魔境でも、同じような魔力スポットは発生しているんじゃないかな」

「魔境から魔物がいなくならないわけね」

魔物は、普通の生物と同じように生殖によって増える。その一方で、ダンジョンが生み出すという事もあった。

魔力スポットというのは、ダンジョンが魔物を生み出すのに似ているかもしれない。

どちらにしてもこれ以上は僕達には分からないので、本来の仙桃探索に戻る事にした。今はソーマの素材集めが第一だからね。

22　仙桃は極上の味

「なんだか魔物の気配が少ない？」

「マスター、この辺りには魔物が寄ってこないよ」

死の森の中を探索していた時、いつもは嫌っていうほど魔物の気配を感じるのに、なぜか周りに魔物の気配が少ない気がした。

カエデも同じように感じているなら、間違いないかな。

「瘴気が少ない？　いや、ほとんど感じないな」

「魔境の中なのに瘴気がないなんて珍しいですね」

ソフィアが言うように、魔物が跳梁跋扈する魔境が瘴気に侵されていないというのは、そうある事じゃない。

感覚を研ぎ澄ませてみても、濃密な魔素は感じるが、やはり瘴気はなかった。

僕は、より魔境らしくない方向へ足を向ける。

魔境としては異常でも、危険な感じはしない。それは、直感スキルがそう訴えているのか、それともこの場の空気がそう感じさせるのか……

やがて、大陸屈指の魔境の中にあるにもかかわらず、清浄な空気が感じられる不思議な空間にたどり着く。

「……すごいな」

「……美しいですね」

「うわー！　綺麗ですねー！」

高さは10メートルほど。幹は太く、横に張り出した枝が大きく広がっている。

「不思議な樹だね」

「はい、これが仙桃の樹なのですね」

「うん、間違いないよ」

それは本当に不思議な樹だった。

青々とした葉と、うす桃色の可憐な花と、輝くような桃色の果実が一本の樹に同居している。

「間違いないわ。これが仙桃の樹よ」

そう言って唐突に現れたのは、ドリュアスである。

「うわぁっ！　びっくりするからいきなり話しかけないでよ。だいたい、どうやってここに顕現《けんげん》出来たの？」

「ふふっ、細かい事言わないの。私達大精霊は、精霊樹の守護者で聖域の管理者のあなたのもとなら、いつでも顕現出来るのよ」

「……納得しづらいけど、まあ今はいいよ。仙桃を採取する時の注意点は何かある？」

ドリュアスからプライバシーも何もないと言われたような気がするが、それより今は仙桃が大事だ。ドリュアスに仙桃の取り扱いに注意する点を聞く。

事前の情報で、仙桃がとても繊細な果実だという事は聞いている。採取した瞬間から傷み始めるので、僕のようにアイテムボックス持ちでもなければ、持って帰る事も難しい。

「特に何もないわよ。タクミはソーマに使う分をアイテムボックスに入れておけば大丈夫よ。採取に気を使う事もないし。そうだ、採り立てを食べてみたら？　仙桃は極上の味よ」

ドリュアスはそう言うと、自分でも仙桃の果実を一つ採り、そのままガブリとかじった。

僕らもドリュアスに倣って、それぞれ仙桃に手を伸ばす。

「⁉　うわぁっ‼　……すごいなこれは」

「‼　これが仙桃……」

「甘～い！　タクミ様！　美味しいです！」

仙桃の実の味は、思わず声を漏らしてしまうほど、衝撃的な美味しさだった。ソフィアとマリアもその美味しさに感激している。

アカネとルルちゃんも夢中になって食べていた。マーニやレーヴァは涙まで流している。

「……すごいな……果物がこんなに美味しいなんて……」

ベールクトにとっても、伝説の果物の味は衝撃的だったみたいだ。

「ねえドリュアス。この仙桃、少し多めにもらっても大丈夫かな？」

「ぜんぜん問題ないわよ。こんな場所まで仙桃を採りに来られるのはタクミ達くらいのものだし、この樹にしても生っている実を全部収穫しても大丈夫よ」

ドリュアスによると、樹に生っている仙桃をたくさん採っても、次の果実がすぐに実るから採り尽くしてしまうという事はないらしい。

ドリュアスの太鼓判をもらえたので、ソーマに使う分以外にも、目についた仙桃を採取していく。

「みんな、食べた仙桃の種は私が預かるわ」

ドリュアスがみんなから、仙桃の種を集めている。種なんて何に使うんだろうと聞いてみた。

「どうするの、それ？」

「聖域で育てるのよ」

「えっ？　聖域で育つの？」

伝説の果物じゃなかったっけ？　僕が驚いた顔をしていると、ドリュアスがやれやれと首を横に振る。

「タクミは何を言ってるのよ。聖域には、伝説の果物なんかよりすごい精霊樹があるのよ」

「タクミ様、たぶん今さらだと思います」

「えっ、どういう事なの？」

ソフィアに何が今さらなのか聞くと、僕が知らない間に、すでに聖域には世間では希少な植物が多く生息しているらしい。それこそ世間では絶滅したと言われているものまで……

「知らなかった……」

「申し訳ございません」

「ソフィアちゃんが悪いわけじゃないわよ。聖域の植物は私が管理をエルフ達にお願いしているんだから」

「まあ、実害があるわけでもないのでいいですけどね」

聖域なら希少な植物を狙う人間もいないから、今さら希少な植物が増えたところでどうって事はないか。

ドリュアスの指示で、数枚の葉っぱや花、接ぎ木用の枝も採取し、念のためにマーカーを設置してから聖域へ転移して戻った。

23　霊薬作成

大陸最大最強の魔境・死の森で、連日にわたる探索によって伝説の霊薬ソーマの素材、仙桃をようやく見つける事が出来た。

こうして、ソーマの素材は揃った。

- 精霊樹の葉と雫
- 上位竜の心臓
- 仙桃

あとは魔力を含んだ聖水があれば、伝説の霊薬ソーマが完成する。

僕は聖なる湧き水で禊《みそぎ》を済ませ、精神を落ち着ける。

ソーマを今か今かと待っているロックフォード伯爵と夫人のためにも、一日でも早く届けてあげたい。

「レーヴァ、始めようか」

「はい！　であります！」

工房の中には、僕とレーヴァの二人だけ。護衛のソフィアは僕達が集中出来るようにと、工房の外で待機している。

「じゃあ、レーヴァは聖水の準備をお願い」

「了解であります」

死の森で発見した仙桃をその場で食べた僕達だけど、仙桃はソーマの材料になるだけあってすごい効果だった。

体力と魔力が回復しただけでなく、すべてのステータスが5パーセント上昇した。

ただしこれは初回のみらしく、あのあと何個食べても変わらなかった。とはいえ、レベルが上がりにくくなってきた僕達にとって5パーセントの上昇はとても大きい。

おかげで頭もスッキリしていて、ソーマの錬成を成功するイメージしかない。

僕は竜の心臓、精霊樹の葉と雫、仙桃をレシピ通りの割合で用意する。

レシピはボルトン辺境伯から提供されていたけれど——ドリュアスから分量と混ぜる順番が違うと訂正される。危ないところだった。文献を鵜呑《うの》みにするのは危ないな。

竜の心臓を粉砕して濾過《ろか》し、同じように精霊樹の葉を粉砕して濾過した後、雫と混ぜ合わせる。

仙桃も種ごと粉砕して濾過したら準備は完了だ。

慎重に計量し、魔力をたっぷりと含んだ聖水と混ぜ合わせて攪拌《かくはん》していく。これで、すべての素材が混ぜ合わさった。

ソーマは、素材を混ぜ合わせただけでは完成しない。錬金術による「錬成」を経て、初めて伝説の霊薬と呼ばれるソーマとなるのだ。

僕は慎重に、錬金術を発動する。


「錬成！」

ドガァーーン!!

一際強く光ったと思うと同時に派手に爆発し、僕とレーヴァは吹き飛ばされた。

「……ブッ、ブッホッ、ゴホッ、ゴホッ、あ痛たたっ、レ、レーヴァ、無事か？」

「……だ、大丈夫で、あります」

ガラガラと爆発で降り注いだ物を押しのけ、レーヴァが顔を出す。

僕もレーヴァも大きな怪我はなかった。髪の毛はボサボサになって、まるでコントみたいだけど……。

僕は立ち上がって周囲を見回すとため息を吐く。工房がさっきの爆発でメチャクチャになっちゃったよ。

ポワンとした声が響く。

「あら、失敗しちゃったのね～。混ぜ合わせる順番を間違っちゃった」

「間違っちゃった、じゃないよ！　ドリュアスが教えてくれたんじゃないか！」

現れたのは、ソーマのレシピと混ぜる順番を教えてくれた張本人、ドリュアスだった。

ドリュアスは相変わらずのんびりした口調で言う。

「あらあら、私も昔々の事だから、順番くらい間違っても仕方ないと思うの。仙桃が最初だったみたい～」

「……はぁ、今度こそ間違ってないよね」

「もう～。しつこい男は嫌われるわよ。たぶん今度は大丈夫だと思うわ～。それよりアカネが埋まってるわよ。早く助けてあげた方がいいんじゃない？」

「えっ!?　早く言ってよ！」

レーヴァと協力して、何か気配のする場所に積もった瓦礫《がれき》をどかすと、そこからアカネが出てきた。

「ブッホォー！」

昭和のコントのように、口から煙を吹き出したアカネはギロリと僕を睨んだ。

その顔は般若《はんにゃ》のようだ。

「タ〜ク〜ミ〜」

「ご、ごめんよ。集中してて、アカネが入ってきたのに気がつかなかったんだ」

アカネを瓦礫の中から引っ張り出す。怪我はなさそうだけど一応ヒールをかけておき、汚れは浄化魔法で落としてあげた。

「もう！　珍しく私がお茶を持ってきたっていうのに！　もう二度と似合わない事なんてしないわよ！」

アカネは、プリプリと怒って工房から出ていってしまった。

工房の片付けを手伝ってほしいとは、さすがに言えなかった。

「……片付けようか」

「……で、ありますな」

工房を手作業と錬金術を駆使して片付けた僕達は、もう一度ソーマの錬成にチャレンジする事にした。

「こ、今度こそ、間違いないであります」

「あ、ああ、これで順番は合ってるはずだよ……ドリュアスの記憶が確かならね」

ソーマ作りの準備を進めていき、あとは集中して錬成するだけだ。一から慎重に計量し、ドリュアスに言われた順番で混ぜ合わせていく。ゴクッと、レーヴァが唾を呑んだのが聞こえた。僕も自然と緊張で背中に汗をかいているのを自覚する。

さすがに二度もドカーン！　は嫌だからね。


「錬成！」


少し声が上ずったけど、確実に錬金術を発動させる事が出来た。

素材を光が覆い、錬成の反応が収まってくると――光が落ち着いてくる。

光が収まったあと、キラキラと輝く美しい液体が、僕とレーヴァが見守る作業台の上に完成していた。

「ほわぁー！　キレイであります！」

「……うん、はぁ、よかった。間違いない。ソーマ完成だ！」

「タクミ様、おめでとうであります！」

「ありがとう、レーヴァ。でも、薬瓶に小分けにするまで気が抜けないよ」

完成したソーマを前に、レーヴァが大興奮で喜んでいる。

でも、ここからまたひと仕事あるんだ。

ソーマは伝説の霊薬と呼ばれるだけあって、普通の薬瓶に詰めただけじゃダメだとドリュアスから聞いている。まず、薬瓶が普通のガラス瓶じゃダメで、ソーマの内包する魔力を逃がさない瓶を作る必要があった。

付与魔法で瓶と蓋を強化した薬瓶に、レーヴァと手分けして、完成したソーマを小分けにしていく。

「残りはレーヴァがするので、タクミ様は状態保存の付与魔法をお願いするであります」

「うん、じゃあ、ソーマを小分けにするのは任せるよ」

特別な薬瓶と蓋を用意しても、完成したソーマが入った瓶に、さらに状態保存の付与魔法をかける。

僕はアイテムボックスがあるので、ソーマは劣化する心配はないけど、他の人はそうはいかない。伝説の霊薬が、経年劣化で薬効がなくなっていたなんて笑えないからね。

久しぶりに大量の魔力を使った気がする。

「で、出来たー！」

ドサリと椅子に深く座って息を吐く。疲れた。神経を使ったからか、本当に疲れたと久しぶりに感じた。

最終的に、完成したソーマは、五十ミリリットル入りの薬瓶が百本分になった。

「……伝説の霊薬が……いっぱい出来たでありますな」

「……そうだね。でも、足りないよりはよいんじゃないかな」

「ボルトン辺境伯様に渡す分以外は、タクミ様のアイテムボックスに隠しておく事をお勧めするであります」

「……は、はは、そうだね。その方が、世間に波風立てないでいいね」

レーヴァに指摘されて、初めてやりすぎたと気がついた。伝説の霊薬なんて、値段をつけられないかもしれないいな。

ソーマの扱いについては、ボルトン辺境伯に相談した方がいいな。

24 霊薬の納品

ボルトン辺境伯の盟友であるロックフォード伯爵の長女エミリア様が、魔力枯渇症という難病に倒れた。

魔力枯渇症は、健康な人なら常に保有し、生命活動を維持するのに欠かせない、全身の魔力が徐々に失われていく病気だ。

通常の薬や回復魔法は効かない。

唯一、伝説の霊薬ソーマなら快癒の可能性があるという。

そこでボルトン辺境伯は、藁《わら》にもすがる思いで、僕達に指名依頼という形でソーマの素材収集と、ソーマの作成を頼んだ。

ソーマの素材の一つである世界樹の素材は、大精霊と知り合いである僕達なら容易に手に入れる事が出来るかもしれないと思ったようだ。

竜の心臓にしても、僕が冒険者ギルドに竜の素材を売りに出した事があると、調べて分かったらしい。

最後の仙桃に関しては、文献頼りで雲を掴むような話だったという。それで、僕という小さな可能性に賭けた。

そして、ボルトン辺境伯は賭けに勝った。

僕の手元には、伝説の霊薬ソーマが百本ある。

数がおかしいのは仕方ない。キリのいい分量で計算して作った結果だ。おかげで、そのほとんどが僕のアイテムボックスの中で死蔵する事が決まった。

さすがに、どんな呪いや不治の病も治癒してしまう霊薬を市場には流せない。死にかけの怪我でも一瞬で癒し、大きな部位欠損も瞬く間に復活させる伝説の霊薬なんだから。

◇

僕はソーマを三本持って、ボルトン辺境伯邸に向かった。

なぜ三本なのかというと、エミリア様が完治しなかった時の保険のためだ。一回の服用量はドリュアスに確認したから間違いないけど、個人差があるかもしれないからね。

ボルトン辺境伯邸に着くと、家宰のセルヴスさんが出迎えてくれた。

「イルマ殿、旦那《だんな》様がお待ちです。どうぞこちらへ」

僕とソフィアは、挨拶もそこそこに応接室に通される。

珍しくセルヴスさんに余裕がなさそうだ。さほど待たされる事なく、ドカドカと足音を立ててボルトン辺境伯が来るのが分かった。

バンッ！

勢いよくドアを開けて、ボルトン辺境伯が入ってくる。

「イルマ殿！　ソーマが完成したと聞いたが、本当か！」

「旦那様、お声を大きくなさらなくとも聞こえます。落ち着いてください。挨拶もなしに行儀が悪うございます」

「むっ、そ、そうか。それは申し訳ない。改めてイルマ殿、よく来てくれた。それで此度の指名依頼、無事にやり遂げてくれたのだな」

セルヴスさんに叱られたボルトン辺境伯は形だけ取り繕うと、今日、僕達が訪れたというのは、そういう事だろうと聞いてきた。

僕はソーマの瓶を三つ取り出してテーブルの上に置く。

「こちらになります。どうか、ご確認ください」

「……セルヴス、鑑定を頼む」

「かしこまりました。では、失礼いたします」

セルヴスさんは慎重にソーマの薬瓶を一つ手に取ると、金属の板のような物にかざす。おそらく鑑定の魔導具だろう。そういう魔導具が存在すると聞いた事がある。

「……間違いありません。これは正真正銘のソーマです」

「おおっ！　伝説の霊薬ソーマを見る事が出来るとは……」

ソーマを眺めていたボルトン辺境伯の顔が一転、難しいものに変わる。

「むう……伝説の霊薬ソーマが三本か」

「エミリア様の治療に万全を期すために、予備として二本用意しました」

ボルトン辺境伯は、ソーマが残った場合の扱いが心配なようだ。

「旦那様、その事はエミリア嬢が快癒したあと、考えましょう」

「……そうだな。イルマ殿、申し訳ないが、ロックフォード伯爵の屋敷へ同行してはもらえないか？」

「ソーマを作成した責任もありますし、それは問題ありませんが、今からですか？」

なんとなくそんな気はしていたから、ボルトン辺境伯から同行を求められても驚かなかったけど、出掛けるならみんなに言っておきたいな。

「いくら儂がせっかちとはいえ、今日の今日とはいかん。これでも辺境伯領を治める領主だからな。だが、急ぎたいのも本音だ。明日の朝の出発でいかがか？」

「分かりました。そのように準備しておきます」

「では、イルマ殿。明日の朝、東の門でお待ちしています」

こうして僕とソフィアは、セルヴスさんに門の外まで送られ、ボルトン辺境伯の馬車で屋敷に戻った。

報酬については、エミリア様の快癒を確認してからもう一度相談する事になった。

25 再び、ロックフォード伯爵領

見るからに頑丈そうな馬車を勢いよく引くツバキ。久しぶりに馬車を引けるとあってか、ツバキはとても機嫌がよかった。

行き交う人々がそんなツバキを見て、身体を強張《こわば》らせている。

それも仕方ない。念話《ねんわ》を獲得するに至った進化では身体の大きさは変わらなかったが、それでも、軍馬や魔馬《まば》がポニーに見えるほどにツバキは大きいのだ。

その巨体は、生半可《なまはんか》な剣や魔法では傷さえつかぬ強靭《きょうじん》な竜鱗《りゅうりん》で覆われ、鋼鉄も飴《あめ》のように突き刺すという額《ひたい》から突き出た一本の角が、見る者を威圧している。

エルフの文献にも記されていない魔物、グレートドラゴンホースに進化したツバキが引く馬車は、後ろを走るボルトン辺境伯が乗る馬車がなんとかついてこられる速度で一路、ロックフォード伯爵領へ向けて東進していた。

「ツバキ、嬉しそうだね、マスター」

「そうだね。久しぶりにみんなでお出掛け出来て喜んでるんじゃないかな」

『死の森は私の身体じゃ無理でしたからね』

ツバキが言うように、駆け回る事が難しい死の森では彼女の出番はなかった。その鬱憤《うっぷん》を晴らすわけじゃないけど、ツバキは楽しそうに走っていた。

ツバキの背には、カエデが自分の特等席と言わんばかりに乗っている。僕は一応馭者席に座ってはいるけど、操作はツバキ任せだ。

ボルトン辺境伯の乗る馬車の速度に合わせているのもあって、ロックフォード伯爵領の領都までは三日かかる。

本来なら、ボルトン辺境伯は道中で宿泊し、途中の村や町にお金を落とすものなんだけど、今回は急いでいるというのもあって野営をする事になった。

護衛の騎士達、侍女・従者達がテントを張ったり食事の準備をしたりしている中、ボルトン辺境伯がツバキを凝視していた。

「イルマ殿、あのドレイクホース。以前と様子が違うのだが……」

「うーん、まあ、そうですね。ツバキはもうドレイクホースじゃなくて、グレートドラゴンホースに進化していますから」

「なっ⁉　グレートドラゴンホース？　セルヴス、知っているか？」

「……いえ、私も初めて聞く名です」

セルヴスさんも気になるようで、マリアとカエデに世話をされているツバキをじっと見ていた。

僕は怯える二人を安心させるべく、ツバキについて説明する。

「ツバキは魔力と氣《き》の制御が甘く、漏れ出すそれらで周辺の魔物を近寄らせないから安全なんです」

「……そ、それは、心強いな」

「でしたら、護衛の騎士達には盗賊への警戒だけをするように伝えておきます」

たぶん少しでも警戒心を持つ盗賊なら、僕達を襲う事はないと思うな。

そもそも、ボルトン辺境伯領からロックフォード伯爵領へ至るルートは、この国有数の安全な地域とされている。両領の騎士団が積極的に盗賊の討伐をしているし、冒険者にも頻繁に依頼が出されているのだ。

トリアリア王国とシドニア神皇国絡みで難民が流れてきたり、両国の兵士崩れ・騎士崩れが盗賊になったりという一時的な治安の乱れはあった。しかし国として最優先で対処している効果か、すでに元の状態に戻っているそうだ。

「まあ、むしろイルマ殿達と一緒にいる時に、盗賊に襲ってもらいたいものだ」

「は、ははっ、一応広範囲に警戒しておきます」

ボルトン辺境伯は冗談めかして言うけど、僕は望んで盗賊を狩りたいとは思わない。精神的には強くなったけど、やはり人を殺《あや》めるのはいい気持ちがしないのだ。

マリアとマーニがボルトン辺境伯家の料理人と協力し、野営とは思えないほど豪勢な夕食を用意してくれた。その後、ボルトン辺境伯は騎士団が護衛するテントの中で、僕達は空間拡張された馬車の中で一晩過ごした。

僕達の見張り番は免除されていたのだけど——実はカエデの糸の結界が周囲に張り巡らされており、魔物や盗賊などの接近に備えていた。

◇

三日目の日が沈む前に、ロックフォード伯爵領の領都に到着した。

僕達はそのまま領主館を目指す。

先触れを走らせていたため、領主館の前にはロックフォード伯爵自ら出迎えに出ていた。その横には、ローズ夫人と大きく成長したロッド君がいた。

ソーマが完成した事は早馬《はやうま》で知らせてあるからか、ロックフォード伯爵達は期待と不安の入り混じった表情だった。

ボルトン辺境伯の馬車に続いて、領主館の正面入り口付近の待機場に馬車を停める。

僕達はロックフォード伯爵と簡単な挨拶を済ませ、それからすぐに応接室へ通す時間も惜しいと、エミリア嬢の部屋へ案内される。

同行するのは、ロックフォード伯爵、ローズ夫人、嫡男のロッド、ボルトン辺境伯、ソフィアである。他の護衛や僕のパーティメンバーは、別室で待機してもらう事になった。

廊下を早足に歩きながら、ロックフォード伯爵が感謝の言葉を言う。

「ボルトン卿、いや、ゴドウィン、本当にありがとう。卿からソーマの話を聞かされた時は、担《かつ》がれているのかと疑ったが」

「ゴドウィン様、本当にありがとうございます。エミリアの命を救っていただいて……」

ロックフォード伯爵に続いて、ローズ夫人が涙を流して感謝する。

「水くさいぞ、ロックフォード卿、いや、いつものようにマークスと呼ぼうか。エミリア嬢は儂にとっても可愛い娘のようなものだ。そのための助力ならいくらでも惜しまん」

ボルトン辺境伯が照れくさそうにしている。ロックフォード伯爵ってマークスっていうのか。ボルトン辺境伯はすぐに表情を引き締めると質問を向ける。

「それで、どういった病状なのだ、エミリア嬢は？」

「うむ、今ではベッドから離れる事さえ出来なくなっている。毎日、教会から治癒魔法師が回復魔法をかけに来てくれはするが……気休めだな」

「あれだけお転婆《てんば》だったエミリアが、寝たきりになっている姿を見るのはつらくて……」

魔力枯渇症は急激に悪化する病ではない。だが、徐々に確実に弱っていく病気だ。自分の子供が衰えていく様を身近で見るのはつらいはずだろう。


エミリア嬢の部屋に入る。天蓋付きのベッドには、以前会った時よりも成長した少女が眠っていた。呼吸は随分と弱々しい。

記憶に残るふっくらとした子供らしい女の子は、そこにはいなかった。

ロックフォード伯爵がエミリア嬢の頭を撫でながら言う。

「想定よりも衰弱が激しくてね。ボルトン卿、イルマ殿に指名依頼を出してくれて、本当にありがとう」

「いや、イルマ殿のおかげだ。儂からの荒唐《こうとう》無稽《むけい》な話を現実にしてくれた。それもこれほど早く、依頼を達成してくれるとは思わなかった」

「イルマ殿、ありがとう。私に出来る事があればなんでも言ってくれ。もちろん、このソーマの報酬は別にしてだ」

ガッと僕の手を握って涙を流して感謝するロックフォード伯爵。僕は少し引きながらも、さっそく本題に入る事にした。

「ロックフォード伯爵、先にエミリア様にソーマを飲んでもらいましょう。薬の効果を確認したいです」

「おっ、おお、取り乱して申し訳ない。イルマ殿、お願い出来るか？」

「はい。では失礼します。ソフィア、手伝って」

「はい」

僕はベッドに近づき、ソフィアにエミリア様の上半身を抱き起こすように頼む。

それから淡く輝くソーマの薬瓶を取り出す。それを見たロックフォード伯爵とローズ夫人が感嘆の声を上げる。

蓋を開けて、ソフィアにエミリア様の口を少し開けた状態にしてもらう。そして慎重に少しずつソーマを流し込んでいった——すぐさまエミリア様の身体に劇的な変化が起こる。

さっきまでその身体からはいっさいの魔力が感じられなかったにもかかわらず、魔力の奔流《ほんりゅう》がエミリア様の身体を駆け巡ったのだ。

僕は焦りつつ、ソフィアに告げる。

「……ソフィア、魔力枯渇症は治ったみたいだけど、このままじゃ危ない」

「はい、私が魔力の流れを整えてみます」

ソフィアがエミリア様のお腹に手を当てて、暴れる魔力の流れを整えようとする。

「どうしたのだ？　エミリアは大丈夫なのか？」

「エミリアに何があったのですか？」

ロックフォード伯爵が慌てて僕の腕を掴み、ローズ夫人は反対の腕にしがみつく。

「落ち着いてください。魔力枯渇症は治癒しました。ただ、魔力の枯渇した状態から急激に回復したために、魔力が暴走したんだと思います……と、もう大丈夫のようですね」

ソフィアが暴れる魔力の流れを整え終えたようだ。魔力がエミリア様の身体を淀《よど》みなく流れているのが分かる。

「……う、う～ん」

その時、エミリア様が目を覚ました。

「エミリア！」

「ああ、エミリア！」

ロックフォード伯爵とローズ夫人がベッドサイドに駆け寄る。

「お父様、お母様……」

「ああ、エミリア！　よかった！　本当によかった！」

喜び合う親子の様子を見ながら、僕はエミリア様の身体の状態を確認する。

「たぶん大丈夫だと思うけど、二、三日、経過観察が必要だね」

「そうですね。それに長くベッドに寝たきりでしたから」

「うん、リハビリが必要だね」

「イルマ殿、リハビリとはなんだね」

僕とソフィアがエミリア様の状態について話していると、ボルトン辺境伯が質問してきた。

「えっ～と、エミリア様は長くベッドで寝た状態だったので、ゆっくりと歩く訓練から始めないといけないのです」

僕はどう説明していいのか迷いながら、身体を長く動かさないと退化する、といったような説明をする。

「うむ、確かに儂らも訓練を長くサボると身体が動かなくなるな」

なんとか納得したボルトン辺境伯と話し、二、三日経過を観察するために、僕達はロックフォードに滞在する事が決まった。

26　ソーマの扱い

ロックフォード伯爵邸に滞在してから、三日が過ぎた。

エミリア様の容態は安定している。

いや、長い魔力の枯渇期間のせいなのか、病気以前と比べて魔力量が倍増するという変化があった。

ローズ夫人が感激したように言う。

「では、エミリアは魔法使いになれるのですね」

「はい、適性属性は火属性と風属性のダブルです。今までの魔力の保有量は一般人並みでしたが、今回の治癒による副作用で倍増しています。まだ成長途中なので、魔力の保有量はさらに増えるでしょうし、努力を惜しまなければ、一人前の魔法使いになれると思いますよ」

「まあ！　あなた！　エミリアを王都の魔術学園に通わせないといけないわ！」

「落ち着け、ローズ」

ローズ夫人は、エミリア様が魔法使いとしてやっていけるほど魔力が増大した事に興奮していた。

ロックフォード伯爵から注意されているけど、あまり聞いていないなこれ。

本来、魔力の流れを感じて操作するのは難しく、魔力の制御を身に付けるには相当な訓練を必要とする、らしい。なぜ「らしい」といったのかというと、どんなスキルも取得しやすい僕は、そのあたりは当てはまらないから。

さらに魔力の暴走を鎮める際、ソフィアがエミリア様の体外から魔力を操作した事で、エミリア様は「魔力感知」と「魔力操作」のスキルに目覚めた。魔法を使ううえでこの二つは必須ではないが、一流の魔法使いならば所持しているスキルである。

「エミリア様はベッドで寝たきりだったので、少し動いただけで筋肉痛になるでしょう。今は少しずつリハビリを頑張って、魔法の訓練は魔力操作と座学から始めればいいと思いますよ」

「どちらにせよ、エミリアが学校へ入学するのは二年後だ。それまで色々と考える時間もあるだろう。慌てない事だ、ローズ」

「申し訳ございません、旦那様」

剣と魔法のファンタジー世界とはいえ、魔法使いになれる資質を持つ者は少ない。魔法を使えるとしてもたいていは、コップ一杯の水を出したり、火種になる程度の火をつけたりする程度だ。

貴族は魔法の素質がある者が生まれやすい傾向がある。だが、ロックフォード伯爵家では、「短時間身体強化」程度の魔力しか保たない者がほとんどだった。それだけに、エミリア様が魔法使いとして覚醒したのが、ローズ夫人は嬉しくて仕方がなかった。

ロックフォード伯爵が僕に声をかけてくる。

「イルマ殿、報酬の話と、別件の相談があるのだが、少しいいだろうか」

「はい」

エミリア嬢を侍女とローズ夫人に任せ、僕はソフィアを連れて別室へ移動する。

僕、ソフィア、ボルトン辺境伯、ロックフォード伯爵の四人が座ると、全員分のお茶を淹れた侍女が退室していった。

何やら僕に話があるらしいけど。

「改めてイルマ殿にお礼を言いたい。エミリアを助けてくれてありがとう。それと、ゴドウィン、貴殿にもお礼を言わせてくれ。エミリアのために尽力してくれてありがとう」

「いえ、エミリア様が元気になってよかったです。それに僕達は、指名依頼を受けただけですから。受けたからには全力で達成するだけです」

「マークスと儂との仲ではないか。柵《しがらみ》だらけの貴族の付き合いの中で、唯一子供の頃からの友達だろう」

「それでもだ。ありがとうと言わせてくれ。それで今回の報酬についてだが……」

ロックフォード伯爵から報酬の話が出たが、この依頼はボルトン辺境伯からの指名依頼なので、ロックフォード伯爵から報酬を取るわけにはいかない。

ちなみに、ボルトン辺境伯から提示された報酬は白金貨千枚だった。

伝説の霊薬ソーマの値段としては安いのだろうけど、今さらお金を必要としていない僕にとっては、一応報酬を受け取ったという形が必要なだけだ。

ボルトン辺境伯が心底困ったように言う。

「報酬は支払うのだが、残ったソーマが問題なのだ」

「えっと、一応エミリア様に何かあった時のために一本はロックフォード伯爵に渡すつもりですが」

「なるほど、三本納品してもらったソーマのうち一本を使用し、もう一本をエミリア嬢のためにストックしても、もう一本儂の手に残ると」

ボルトン辺境伯は、伝説の霊薬ソーマが作られた事が、他の貴族や豪商に知られるのはあまりよくないと思っているようだ。

「秘密裏に陛下に献上するか……」

ボルトン辺境伯がそう呟くのを聞きながらも、僕はドキドキしていた。

どうしよう、今さらまだ九十七本残ってるなんて言ったら怒られそうだな。

27　結局、王都へ

行きたくない……僕は今、王都へ向かう馬車の中で揺られている。

あのあと、僕の慌てた表情からソーマがストックしてある事がバレた。そこで二人からプレッシャーを感じた僕は、ソーマを提供すると言ってしまった。

ただ、すべてのソーマを買い取る資金は王国にはないので、一本か二本のごく少数を献上し、あとは予算が許す限度で王国が購入する方向で調整すると言われた。

ボルトン辺境伯は、王都に先触れの早馬を走らせた。通信の魔導具を使えば済むと思うのだけど、国王への謁見を申し込むには、使者を遣わす必要があるらしい。

王様なんて偉い人と接触する機会が、二度とあるとは思わなかった。

九十七本のストックがバレた時、ボルトン辺境伯にソーマを何本か渡してお終いにしようと思った僕は、ボルトン辺境伯とロックフォード伯爵から鼻で笑われた。

「伝説の霊薬ソーマを献上するのに、製作者であるイルマ殿が王に謁見せずにどうする」

「安心してくれ。儂とゴドウィンがイルマ殿の不利益にならんように全力で守る。恩を仇で返すわけにはいかんからな」

「……はぁ」

そういうやりとりがあって、王都へドナドナされる事になった。

僕達は、いつものメンバーがツバキの引く馬車に乗っている。

先導するのは、ボルトン辺境伯とその護衛の騎士達。僕達の馬車を挟むように、ロックフォード伯爵とその護衛の騎士達がいる。

なんだか物々しい隊列を組んで王都へ向かうハメになったな。

「タクミ様、元気出してください。謁見は、ロボス王からタクミ様へ褒美を与えてお終いだと思いますよ」

「……」

馬車の中で滅入っている僕を見て、ソフィアが励ましてくれる。

ソフィア曰く、精霊樹の守護者で聖域の管理者である僕は、この大陸の国一の重要人物だそうで、自国に取り込み縛りつける事はもちろん、表立って敵対する事もないだろうと。

「だいたい、タクミ様を拘束して希少なモノを作らせようとしても、まず生半可な戦力では無理だと理解しているでしょうし、エルフやドワーフが国を挙げて守ってくれると思いますよ」

「まあ、そこまで心配してないけどね。ロボス王もそんな感じに見えなかったし」

前世では、社長とも直接話す事もない平凡なサラリーマンだった僕。偉い人と会うというだけでプレッシャーなんだけどな。

◆

シドニア神皇国が崩壊した影響で、周辺国が合同で治安の維持や統治を行い、ロボス王も忙しい日々を送っていた。

執務室には、王の決裁を待つ書類が山となっている。

「……はあ、聖域周辺の開発で忙しいのに、なぜ我が他国の後始末をせねばならん」

ブツブツと愚痴を言いながら、文官と協力して書類をさばいていくロボス王。

「それは陛下だけじゃありませんよ」

ドサッ！

そこに新たな書類の束を積み上げるのは、バーキラ王国の宰相サイモン・フォン・ポートフォート。長きにわたり国を支え続ける文官のトップにして国王の右腕である。

「なっ！　まだこんなにあるのか！」

「私や他の文官はもっと仕事量が多いのですが？」

「い、いや、すまん」

サイモンのひと睨みで大人しくなるロボス王。実際、サイモンの仕事量はロボス王よりもはるかに多い。

辺境のボルトンの街の発展から始まった一連の流れ、未開地に突然現れた城塞都市ウェッジフォート、さらにその西に出現した精霊樹を中心とした聖域、三ヶ国が中心となって聖域近くに街を建設、トリアリア王国との未開地での戦争、シドニア神皇国の崩壊などなど。

自分の代に、なぜこれほど色々起こるのか、一度女神に問い詰めたいサイモンだった。

「終わったー！」

王らしからぬ大声で喜ぶロボス王に、サイモンが微笑む。

「商業ギルドのギルドマスターとの謁見が入っています。その後は、ロマリア王国の特使と、さらに次は公爵家二家との謁見の予定です。謁見が終わりますと、三ヶ国サミットで取り上げる議題の草案をチェックしていただきます」

「……」

机に突っ伏すロボス王。

そこに、忘れていましたと、もう一つ謁見の申し込みがあったと伝える。

「そうそう、謁見といえば、珍しくボルトン卿とロックフォード卿が連名での謁見申し込みがありました。日程の調整中ですが、お二方が王都に到着後速やかに謁見の予定です」

「……また奴絡みじゃないだろうな？」

ロボス王は嫌な予感が止まらない。

今の自分達の目が回るような忙しさの元凶。いや、元凶などと言ってはダメなのは分かっている。分かってはいるが、愚痴をこぼさずにはいられない。

「あのお二方が連名で謁見要請ですから、たぶんあのお方絡みでしょうな」

「……もう、譲位したい」

「王子はまだまだ子供です」

「分かってる！　言ってみただけだ！」

今度はどんな厄介事を持ち込むのか、国の繁栄とは裏腹《うらはら》に擦り切れていく精神に、頼むからほどほどにしてくれと願うロボス王だった。

◇

ボルトン辺境伯とロックフォード伯爵、バーキラ王国でも有力な上級貴族家二家の馬車の隊列は、護衛の騎士団を含めるととても物々しいものだった。

二つの馬車の真ん中に、最も異様な迫力の馬車が走る。

馬車を引くのは——巨大な体躯に、強靭な鱗、鋭い角が見る者を威圧する竜馬。

王都の門にたどり着き、貴族用の列に並ぶも、その注目度が下がる事はなかった。

ボルトン辺境伯の馬車に先導された僕達の馬車は、王都にあるボルトン辺境伯の屋敷前に着いた。

騎乗した騎士が僕達の馬車に近づいてきて、馬車の誘導をしてくれる。

「イルマ殿、馬車をいったん正面につけてください。その後、駐機場へは我らで移動させますので」

「いえ、馬車は収納しますから大丈夫です。馬車を引くツバキも亜空間に戻しますから」

「そ、そうですか」

騎士の表情が引きつったのが分かったけど、従魔の出し入れはボルトン辺境伯には見られているし、アイテムボックスの容量が大きいのも知られているので、今さら自重する事もない。

屋敷に迎え入れられた僕達に、ボルトン辺境伯家の家宰セルヴスさんが教えてくれる。どうやら、陛下との謁見の日程は三日から五日後らしい。それまでは大人しく屋敷で待機する必要があるようだった。

その日の夜、僕はボルトン辺境伯とロックフォード伯爵と夕食会になった。

「謁見って、僕必要ですかね？」

「当然だろう。ソーマの製作者抜きでどうする」

「確かにソーマの素材収集を依頼したのは儂だが、それを為しえたのはイルマ殿だからだ」

どうしても、国王との二回目の謁見に挑む気力が湧いてこない。ソーマの献上だけなら、僕は必要ないんじゃないかと思ったんだけどな。

「心配せんでも、今回の謁見には陛下と宰相のサイモン殿、あとは護衛の近衛騎士だけにしてもらうよう言ってある。陛下もそれは了承してくださった」

「ソーマの生成に成功した事が、他の貴族どもに知られると、血で血を争う争奪戦になるだろうからな」

今回の謁見の申し込みに際し、情報が拡散しないように気を使ったらしいけど……上級貴族の豪華な晩餐なのに、ほとんど味を感じる余裕がなかったよ。

王宮から謁見の準備が整ったと連絡が来たのは、その二日後だった。

ボルトン辺境伯、ロックフォード伯爵と一緒に王宮に登城した僕達は、謁見の間ではなく、防諜の魔導具が設置された部屋に通される。

「どうやら陛下も情報の漏洩を危惧しているのだろう。それほどの重大事だと言ってあるからな。謁見の間では、人払いをしても盗聴の不安がある」

「はぁ、そこまでする必要があるんですかね？　ソーマのレシピは、ボルトン辺境伯からの情報ですし、素材さえ揃えば錬金術師なら作れると思うんですが？」

僕がそう言うと、ボルトン辺境伯とロックフォード伯爵が深いため息を吐いた。

まあ、ドリュアスからレシピの間違いは指摘されたけどね。

「はぁ、何を言うかと思えば。いいか、イルマ殿。世界樹の葉と雫は、ユグル王国が年間にごくわずかだが輸出している。金と時間さえあれば、手に入れる事も出来るかもしれん。竜の心臓も、一流の冒険者に指名依頼をすれば可能かもしれん」

「そうだな。なぜか最近、大量の竜素材がサマンドール王国経由で出回ったからな」

ロックフォード伯爵が竜素材がサマンドール王国経由で大量に出回ったと言った瞬間、ドキッとした。たぶん、僕達がフラール女王達と攻略した竜のダンジョンで討伐した竜の素材に間違いないよね。

一人焦っている僕に気づかず、ボルトン辺境伯が話を続ける。

「だがな、仙桃だけはイルマ殿以外には無理だ」

そう言われて、僕は首をかしげる。確かに仙桃は、採取すると急激に傷み出す。だけど、時間遅延効果のあるマジックバッグは存在してるはずだ。

「いや、不思議そうな顔をするな。まずイルマ殿以外は、死の森なんて足を踏み入れないからな」

「まあ、確かに過酷な環境でしたけど……」

そう言われれば、僕達は夜になるとマーカーを設置して転移で屋敷に戻っていたけど、死の森で野営は自殺行為かもしれない。

「そういう事だ。まあ、しかし、ソーマの情報が漏れると、金にモノを言わせて素材を集めようとするバカな貴族や豪商が必ず出て来るからな」

「そうなると、どれほどの冒険者が犠牲になるか……」

その時、部屋の扉が開かれ、近衛騎士団の団長ガラハッド殿の先導で、国王様と宰相のサイモン様の三人が入ってきた。

ボルトン辺境伯とロックフォード伯爵が立ち上がり、僕も慌てて席を立った。

「……とりあえず席に着いてくれ」

国王様が席に座り、その横にサイモン様が座り、ガラハッド様が陛下の背後に直立不動で立っている。陛下から座るよう促されて僕達が座り……胃の痛くなりそうな謁見が始まった。

28 王、頭を抱える

「それで、わざわざボルトン卿とロックフォード卿が連名で謁見の申し込みとは何事でしょうか？　私としては聞くのが怖いのですが」

宰相のサイモン様がチラッと僕を見たあと、僕達の中で一番立場の上のボルトン辺境伯に話しかけた。

続けてロックフォード伯爵に向かって言う。

「ロックフォード卿のご息女は魔力枯渇症にかかっていたはず。領都を離れたくはないと思ったのですが……まさか」

サイモン様はそれで僕達がここに来た理由に思い至ったのか、僕の顔を驚きの表情で見た。

「……それなら人払いも納得出来る。これは記録にも残せませんな」

「おい！　我にも分かるように話せ！　意味が分からんぞ！」

一人で理解して頷くサイモン様に、しびれを切らしたロボス王が説明を求める。

「陛下、ロックフォード卿のご息女エミリア嬢は、魔力枯渇症にかかり、伏せていたと聞いています」

「うん？　それはあれか？　原因も定かでない不治の病といわれるやつか。なら、ロックフォード卿、ノコノコと王都へ来ている場合ではないだろう。仕事もあるだろうが、娘の命に関わる事、側に寄り添ったとて咎めるほど我も狭量《きょうりょう》ではないぞ」

「陛下、ロックフォード卿がイルマ殿を連れてここにいる。それで分かりませんか？」

サイモン様の遠回しな言い方に、僕がいたたまれなくなる。

そして、陛下が目を見開き僕を見る。

「まさか……またイルマ、お主が関わっているのか！」

「陛下、落ち着いてください。口調が乱れていますぞ」

「落ち着いていられるか！　つまり、治す薬も魔法もない不治の病を治癒したのだな！　いったい何をした！　正直に言うのだ！」

今日の陛下はテンションが高いなぁ……なんて現実逃避していると、サイモン様が陛下を宥めて説明を始める。

「陛下、瀕死の重傷や部位欠損を治癒する魔法があると言います。薬もない事はないです」

「そのくらい知っている。エリクサーであろう。だが、エリクサーなど我が王国に二本伝わっているだけだぞ。それに、エリクサーでは魔力枯渇症は治せん」

「はい。魔法ならエクストラヒール、薬ではエリクサーが有名ですが、エクストラヒールは使える術者が大陸に三人といません。エリクサーは各国の宝物庫にある物を入れても五本もあればいい方でしょう。ですが、伝説の霊薬はもう一つあるのです」

「ちょっと待て、思い出したぞ。確か……伝説の霊薬ソーマだったか……ソーマを手に入れたのか……」

陛下は驚愕《きょうがく》の表情を浮かべて僕達を見る。

サイモン様が答え合わせをするように言う。

「どのような病も強力な呪いも立ちどころに癒す伝説の霊薬ソーマをもって、エミリア嬢の魔力枯渇症を治したのでしょう」

「それで、イルマ殿か……」

やっとなぜいるのか分かったという具合に、僕を見て納得している。

そしてホッと安心したのか、椅子に深く座り直した。

「陛下、安心するのは早うございます。ボルトン卿とロックフォード卿がイルマ殿を伴って王都へ来たのは、わざわざそんな事を報告するためではございません。おそらくソーマを王国に献上するためでございましょう」

「なっ！　ソーマを複数手に入れていたと申すか！」

どうやら陛下は、ソーマをどこかのダンジョンの宝箱から手に入れたと思ったみたいで、いくつもあるとは思っていなかったのだろう。

でもそれも仕方のない反応で、通常ダンジョンの宝箱から霊薬クラスのモノが手に入る場合、複数本手に入る事はないのが常識だからだ。

「陛下、早合点してはいけません。ダンジョン産のソーマなら、ここにイルマ殿がいる意味もありません。イルマ殿、ソーマの生成に成功したのですな」

「なっ⁉　……なるほど、それならこれほど厳重に人払いするのも頷ける。強欲な貴族どもに知られれば、イルマ殿はもちろん、その縁者にも危険が及ぶやもしれん」

陛下がようやく納得したところで、ボルトン辺境伯が詳しい説明を始める。

「陛下、ここは儂から説明しましょう。始まりは、我が盟友ロックフォード卿の愛娘エミリア嬢の不治の病です。儂としても赤子の頃から知るエミリア嬢を助けてやりたかった。そこで、ありとあらゆる手段を使って、治癒の可能性を探りました。そして見つけたのです。ソーマのレシピを……」

実際には配合の割合が少し違っていたんだけど、そこはドリュアスのおかげでなんとかなった。だけど、陛下、サイモン様、ガラハッド様は、ソーマの原料となった三つの素材の名を聞いて目を見開いてポカンと口を開けている。

「なっ、なっ、なんじゃその素材は！」

「世界樹の葉と雫は分かります。ごく少数ながら流通していますから。竜の心臓？　仙桃？　なんの冗談です」

「百歩譲って竜の心臓はいい。死の森の奥地に自生する幻の植物を採ってくるなど、正気の沙汰ではないぞ」

三人の動揺が収まったところで、ボルトン辺境伯が話を続ける。

「今日は、王国にソーマを献上するために登城いたしました。ですが、問題はサイモン殿が言ったように、ソーマをイルマ殿が生成した事が知られると、王国の腐った部分が暴走し、結果、イルマ殿が王国から去る事になるやもしれないという事です」

「……隠し通すしかあるまい」

「ですな。宝物庫の目録はこっそりとしておきます」

結局、王国には適正な価格で三本のソーマを秘密裏に売却する事が決まった。費用は、帳簿に記録されない予備費と陛下個人の資産から捻出される。

王国としては、もう三本ほど欲しいらしいのだが、一度に六本を国費から購入するのはバレるリスクが高いと判断された。

「時間をおいて、ダンジョン産だと偽って、ソーマの情報をオークションに流してそこから入手した事にしておこう」

「うむ、王都の裏オークションなら出品者の特定もされづらいだろう」

陛下としては、同盟国のロマリア王国やユグル王国にも借りを作っておきたいと考えているらしく、自国で確保する以外にも数本欲しいらしい。

そこで、冒険者ギルドと組んで、偽の継続依頼を出している事にするという。

「何年も継続の依頼があった事にしましょう。入手した時期の記録は適当に処理しておきます」

陛下と宰相のサイモン様が、堂々と裏帳簿を作るのだから、それはそれでOKなのだろう。誰かがそれで損するわけでもないしね。

ソーマの話が一段落したあと、陛下が僕に聞きたい事があると言ってきた。あまりいい予感はしないけど、嫌だとは言えない。

長くなりそうだな……

29 思わぬ展開

「そういえばイルマ殿、あのソフィア嬢とマリア嬢であったか。いつ結婚するのだ？」

「へっ？」

ソーマの話が一段落した時、陛下が唐突にそんな事を言い出した。陛下がソフィアとマリアを知っている事にも驚いたし、突然結婚の話になったのも驚いた。

「うん？　まだ結婚していなかったのか？　確かもう一人、マーニ嬢もいたんじゃないのか？」

「ほう、イルマ殿には三人もよい人がいるのか」

そこに追い討ちをかけるように、ボルトン辺境伯とロックフォード伯爵がニヤニヤしながら茶化し出す。

「本音を言えば、バーキラ王国の貴族家から最低でも一人くらい娶ってほしいのだがな」

「い、いいえ、陛下、僕は平民ですから」

陛下から婚姻による囲い込み発言まで飛び出した。

なぜ、陛下から僕の結婚の話が出てくるのか？　よく聞くと、国内外の貴族から問い合わせが多いのだとか。

僕が拠点としているのは、ボルトンの街だけど、そのボルトンも最近は留守にする事の方が多い。

今の僕は、聖域の屋敷と天空島に新たに構えた拠点、魔大陸の拠点と、その三ヶ所にいる事が多く、パペック商会への納品なども、最近はレーヴァに任せてばかりだ。

なるほど、僕にアポイントを取ろうと思っても難しいな。

同時に、男爵などの下級貴族ならまだしも、伯爵や辺境伯の縁者が僕と婚姻関係なんてありえないしね。

「イルマ殿も成人して何年も経つのだから、結婚も早くはないだろう」

「そうだな、イルマ殿はもうすぐ二十歳になるのだろう？　結婚するには遅いくらいだ」

ボルトン辺境伯とロックフォード伯爵まで囃し立てるので、僕は恥ずかしくなって顔が熱くなる。

「……結婚って、平民でも結婚式とかするのですか？」

「イルマ殿は田舎の村出身だったたな。辺境の村では式をする余裕もないだろうが、ボルトン周辺の町や村では、平民でもささやかな宴くらいはするぞ。ましてやイルマ殿の結婚となれば、ささやかとはいくまい」

「は、はあ……」

やっぱりこの世界でも結婚式ってあるんだね。教会でするんだろうか？

ともかく陛下との秘密裏の謁見で出た話は、ソーマを数本国に融通するため、国庫に余裕が出来た時点で追加で購入したいとの事だった。それでこれは記録に残さないらしい。

あと、ソーマの製作者を徹底的に隠す方向で話は決まった。

その後、陛下から僕の結婚話が飛び出すアクシデントはあったものの、全体的には和やかな雰囲気だったと思う。

王都のボルトン辺境伯の屋敷に戻ると、ソフィア達が出迎えてくれた。

「「お帰りなさい、タクミ様」」

「お帰りなさいませ、旦那様」

「お帰り、マスター！」

「ただいま、みんな」

ボルトン辺境伯のニヤニヤした顔に見送られながら、割り当てられた客室へと向かう。

「あら、お帰りなさい。で、どうだったの？」

ソファーに座ってくつろぎ、ルルちゃんの淹れたお茶を飲んでいたアカネが首尾を聞いてきた。

「うん、陛下やサイモン様がソーマの入手元を秘匿する事で決まった。というか、王国もソーマの入手自体を隠す方向だってさ」

「まあ、順当な結果よね」

アカネに今日の話を説明すると、さもありなんと頷く。なんでアカネが偉そうなんだ。

「他には何かあった？」

「……う、うん、えっと、ソフィア、マリア、マーニとの結婚話になった」

「えっ！　け、結婚……」

「結婚、私がタクミ様と結婚……」

「……」

「あら、ボルトン辺境伯もなかなかやるわね。タクミったら、いつまで経っても煮えきらなかったから、ちょうどいいんじゃない」

僕の口から結婚という言葉を聞いて、ソフィアとマリアが挙動不審になり、マーニは顔を真っ赤にしてうつむいてしまった。

対照的にアカネは、やっとかというようにウンウンと頷いている。

「フッフッフッフッ、よし！　派手に盛り上げるわよ！」

「派手にするニャ！」

「わーい！　結婚式だー！」

アカネが勢いよく立ち上がると、むんずと拳を握りしめ宣言する。その横でルルちゃんもオーと拳を突き上げている。カエデは訳が分かっていないと思うけど、バンザイしている。

「ちょ、ちょっとアカネ、派手にって」

「諦めなさい！　ただでさえ各国の王や重臣と顔見知りなのよ。あとパペック商会や冒険者ギルド関係、聖域や魔大陸の各国の元首と、なんといっても大精霊達も祝うと思うわよ。こぢんまりとした地味な結婚式なんて出来るわけないじゃない！」

「うっ、そ、そう言われると……」

「私に任せなさい！　ド派手な花火を打ち上げてあげるわ！」

鼻の穴を膨らませながら、自信満々で私に任せなさいと言いきるアカネを見て、僕には不安しかない。チラッとソフィア達を見ると、三人は顔を赤らめモジモジとしているが嬉しそうだ。

ああ、もう、僕じゃ止められないよ。僕の事なのに……

30　結婚協奏曲

バーキラ王国の王にソーマを献上しに行ったはずが、僕とソフィア・マリア・マーニとの結婚話になってしまった。

いや、結婚するのが嫌なわけじゃない。日本では独身アラフォーサラリーマン生活を謳歌《おうか》してたけど、女性との付き合いがなかったわけじゃないし、たまたま結婚に至らなかっただけ。むしろ結婚したいと思っていた。

それに、この世界の常識から見ても変な事じゃない。僕は成人年齢を過ぎてるし、ソフィア達とはずっと一緒に生活してきたのだから。

でも、プロポーズは必要だよね。サラリーマン時代、既婚の上司がそういう事は大事だと言ってた気がする。

というわけで——

「ソフィア、マリア、マーニ、一度に三人と結婚なんて不誠実かもしれないけど、僕と結婚してくれませんか」

「「「はい」」」

「末永くよろしくお願いします」

僕はソフィア達を別室に呼び、そこで一人ずつプロポーズしていった。

ソフィアとマリアは元奴隷という事もあり、元主人である僕と結婚してもいいのか、多少の葛藤はあったみたい。

再婚になる未亡人のマーニはもっとその葛藤が大きかったようだ。

でも、この世界で再婚は珍しくない。命の価値が安いこの世界では、伴侶と死に別れる事はどこにでもある話で、当然再婚も多くなる。

僕も前世はアラフォーだっただけに、再婚だから嫌だとかなんてあるわけない。

三人からイエスの答えをもらった僕は、なぜか張りきるアカネ主導で、結婚式に向けて準備を始める事にした。


「さあ！　帰るわよ！」

「帰るニャ！」

アカネとルルちゃんの号令で、ボルトン辺境伯の王都の屋敷からボルトンの街へ出発する。

転移すれば一瞬なんだけど、バレるわけにはいかない。そのため帰りもツバキに馬車を引いてもらった。

ただ、行きと違ってボルトン辺境伯とロックフォード伯爵の馬車がいないので、スピードを出せる。街道を行き来する人達に危険のないよう、速度を抑えながらだけど。

ロックフォード伯爵領を素通りして、僕達はボルトンの屋敷に駆け足で戻ってきた。

ソファーに沈み込み、マリアの淹れてくれたお茶を飲んでまったりとしていたら、アカネが急かすように提案してくる。

「タクミ、聖域の屋敷へ行きましょう」

「結婚式の準備をするんだよね。ここでも問題ないんじゃないの？」

「ミーミルちゃんとも話さないとダメだし、ウィンディーネ達もいるからね」

「いやいやいや、ウィンディーネ達はまだしも、ミーミル王女は関係なくないか？　それと王女をちゃん付けするなよ」

ミーミル王女は言うまでもなく、ユグル王国の王女だ。僕の結婚式の準備に、どうしてミーミル王女の名前が出てくる意味が分からないんだけど。

それにアカネは、いつの間にミーミル王女をちゃん呼びするほど仲よくなってるんだ。

「ちゃん付けはいいのよ。私とミーミルちゃんの仲なんだから。実はね、前々からソフィア、マリア、マーニさんとタクミの結婚式を挙げようって、ミーミルちゃんと話し合ってたの」

「なっ！」

驚いて呆然とする僕に構わず、アカネは話をどんどん進めていく。

「タクミの影響力はすでにバーキラ王国に留まらないわよね。同盟国のロマリア王国はもちろん、ソフィアの祖国でもあり精霊を崇めるユグル王国、魔大陸にも懇意にしている国があるじゃない。タクミに懐いているベールクト達有翼人族もいたわね。あと、聖域にはタクミに救われたケットシーや人魚族まで……ともかくそんな人達が一斉に集まるわけだから、普通の結婚式なんてダメよ」

「え、えっと、いや、その」

そう言われると、その通りかもしれないけど……

「ねっ、分かったでしょ。だからミーミルちゃん達と一緒に相談するのよ。そうだ、どうせだからベールクトも呼びましょう。なんならフラール女王やリュカちゃんも呼ぼうかしら」

今サラッと魔人族の国アキュロスのフラール女王とリュカさんの名前が出てきたけど、リュカさんの事もちゃん付けで呼んでたぞ。

「いや、ちょっと待て。リュカさんまでちゃん付けで呼ぶほど仲がよいのか？」

「細かい事言ってると禿げるわよ」

「禿げないよ！」

失礼な。前世でアラフォーだった時だって髪の毛はフサフサだったよ。ノルン様が作った身体なんだぞ……禿げないよね。

「そうと分かれば聖域の屋敷へ行きましょう！　向こうにはタクミと仲のいいドワーフのオヤジ達もいるから、結婚式で出すお酒の相談も出来るでしょう」

確かにドガンボさんとは、ボルトンで暮らし始めてからの付き合いで、僕が魔法金属を扱うきっかけにもなった、いわば鍛冶の師匠。結婚式をするなら呼ばない選択肢はない。

そうこう考えていたら、僕がこの世界に降り立って最初にお世話になった人達の事を思い出した。

バンガさん、マーサさん、ボボンさんといったボード村のみんなだ。

彼らにも祝ってもらえたら嬉しいな。だったら、ますますこぢんまりとした結婚式なんて無理そうだな……

◆

タクミの結婚は、彼らが思っている以上に一大事だった。

ここは、バーキラ王国の王城の一室。

宰相サイモンとロボス王が、声を潜めて話し合っている。

「陛下がイルマ殿を焚きつけてしまったせいで、問い合わせがひっきりなしに来ています」

「いや、我が国に来られても困るのだが……」

タクミが登城してからまだ十日も経っていない。

それにもかかわらず、噂を聞きつけたロマリア王国とサマンドール王国の貴族・豪商が、バーキラ王国に押し寄せていた。

サイモンがため息混じりに言う。

「今や大陸中の有象無象がイルマ殿に群がってこようとしています。イルマ殿は好んで表舞台に出るタイプではございませんが、彼が様々なものをもたらしている事については、有力な貴族や豪商であればすでに気がついています。パペック商会の大躍進の裏に誰がいるのか……少し調べれば分かりますからな。そんなイルマ殿の結婚式となれば……」

「……ぜひとも出席したいであろう」

二人は顔を見合わせ、深くため息を吐く。

バーキラ王国に問い合わせが殺到しているという状況はさておき、より深刻な問題はタクミが結婚式を挙げる場所である。

もし彼が聖域で結婚式をしようと決めた場合、バーキラ王国としては困った事になる。聖域は、サイモンは元より国王でさえ自由に出入り出来ないのだから。

サイモンがその事を指摘すると、ロボス王は頭を抱えた。

「それはまずいんじゃないか？」

「はい、とても。バーキラ王国の重要人物であるイルマ殿の結婚式に、我が国から一人も出席者を出せないという可能性もあります。我らが聖域へ入るには、大精霊様方の許可が必要なのですから」

「まずい、まずいぞ、サイモン！」

そもそも平民に過ぎないタクミの結婚式に、高位の貴族や王族が出席するのはありえない事なのだが……

タクミはその非常識の塊だった。

タクミはボルトンに拠点を置くやいなや、パペック商会を通じて有用な魔導具を生み出し普及させた。

中でもすごかったのは、浄化の魔導具と便器である。

それらのおかげで街は劇的に綺麗になり、伝染病の発生件数が激減、乳児の死亡率は急速に低下したのである。衛生環境の改善がここまで国民のためになるなど、サイモンもロボス王も考えた事もなかった。

また、タクミの開発した井戸のポンプのおかげで、民は水汲みという重労働から解放され、労働生産力が劇的に向上した。

「それだけではございませんぞ。イルマ殿達の作るポーション類は、冒険者の生存率を上げ、その結果、魔物の被害が減少しています」

タクミとレーヴァがパペック商会と冒険者ギルドに卸しているポーション類は、廉価ながらその高い品質と効果で、冒険者達の強い味方となっているという。

普通の冒険者パーティには回復魔法を使える者はいないので、そうしたポーション類はパーティにとって生命線なりうるのだ。

「パペック商会は、ポーション類を国外にも輸出しているそうだな」

「はい、少量ではありますが、高い人気があるようです」

そして、タクミという存在のすごさを語るうえでもっとも重要なのは、彼が聖域の責任者であるという事だ。

サイモンは改まったように言う。

「聖域から産出される希少な薬草、精霊樹関連の素材、聖域に暮らすエルフが育てる至高の果物類、ドワーフ達が作るワインをはじめとした様々な酒類、どの品をとっても、国内外の貴族や豪商がこぞって手に入れようとする物ばかりです」

「そうだな。それらに加えて、聖域がそこにあるだけで、かつては立ち入る事さえもままならなかった未開地が浄化され続けているのだ。こうした恩恵は、我が国だけでなくユグル王国やロマリア王国も受けている」

ロボス王の言う通り、聖域によって周辺の環境は大きく変化した。

ウェッジフォートにはじまり、未開地には三つの街が出来上がった。その街を通して流通する物資によって、バーキラ王国、ユグル王国、ロマリア王国の三ヶ国は、近年にないほどの好景気に沸いている。

それもこれも、聖域のおかげなのだ。

サイモンが苦悶の表情を浮かべながら告げる。

「イルマ殿との関係を濃くしたいとは思うものの、貴族や王族の息女を押し込むのは悪手でしょうな。最悪、イルマ殿はバーキラ王国から出ていくかもしれません。我が国に拠点を置いている利点を活かし、他国より強い絆があるのを示したいところですが……」

「出来れば、式は王都の大教会で挙げてほしいが……いや、ボルトンでも構わん」

どうにかバーキラ王国内で式を行ってもらいたいと思うが、二人はどうしたらよいか分からず頭を悩ませていた。

サイモンが苦しまぎれ言う。

「ボルトン卿やロックフォード卿にも助力を頼み、なんとか国内での式を、そして我らの出席を勝ち取りましょう」

「うむ、パペック商会の会頭にも協力を要請しよう」

こうしてバーキラ王国の二人は国内での挙式へ向けて、他国に情報が漏れぬように注意しつつ、密かに動き出すのだった。

31　準備は着々と

僕はなぜか聖域の工房に一人で籠もっていた。

その経緯としては、プロポーズを済ませてホッとしていた僕のもとやって来たアカネが、突然こう尋ねてきた事に由来する。

「タクミ、プロポーズしたのはいいんだけど、マリッジリングは用意したの？　出来ればエンゲージリングも欲しいところね」

「えっ……」

アカネに指摘されて固まる僕。

この世界にも、マリッジリングやエンゲージリングという文化があったのか。

呆然としていると、アカネはやれやれと首を横に振る。

「そんな事だと思ってたわよ。いい？　タクミ。マリッジリングとエンゲージリングは、女にとって大切な物なのよ。値段の高い安いじゃないの」

「う、うん、すぐに用意するよ」

「どうせなら最高の魔導具を作りなさい。ついでに私の分のアクセサリーもお願いね。あ、私の分は指輪はダメよ」

さりげなく厚かましいリクエストをしてくるアカネは置いておいて、僕は工房へ急いだのだった。


というわけで、僕は工房にいる。

ソフィア、マリア、マーニの三人は僕に優しすぎるから、指輪が欲しくても自分達からは言えないよね。気づいてあげられなかった僕の方が悪い。

色々な素材を作業台の上に載せたまま、僕は考え込む。

「さて、ベースはミスリルがいいかな」

僕は前世で彼女がいた頃、指輪をプレゼントした事はあったし、マリッジリングもエンゲージリングもデザインを見た覚えがある。

けど、そうしたデザインはそのまま使えそうになかった。

「ソフィアは純粋な戦闘職だから、指輪が戦闘の邪魔になるし、マリアは戦闘以外でも家事仕事があるから、ゴチャゴチャしたデザインはダメだよな。マーニは体術主体の戦闘スタイルだから、余計に邪魔にならないようなデザインにしないと」

マリッジリングはシンプルなデザインの方がいいのかな？

そんなふうに考えつつ、僕はふと気づく。

そもそもエンゲージリングとマリッジリングを贈る風習がこの世界にもあったのは驚きなんだけど……あれ？　もしかしてアカネに騙されてる？

そういえば、ボード村のマーサさんは指輪なんてしていなかったような。他の奥様方もアクセサリー関係は、ネックレスくらいだった気がする。辺境の村だからかもしれないけど。

「まあ、もう約束しちゃったから作るんだけどね」

ちなみにマリッジリングは、僕の分も含めて四つ作らないといけない。

僕はミスリル合金の塊を持つと、魔力を流し、素材に魔力を馴染ませていく。

次にそれを細長い棒状に変形させ、四当分に分ける。そして、それぞれの指のサイズに合わせたリング状に成形していった。

こうして出来たシルプルなリングに、体力回復速度上昇、魔力回復速度上昇、状態異常耐性をエンチャントして、「守護の指輪」を作り上げた。

「さて次は、エンゲージリングか。エンゲージリングって宝石がいるのかな？　昔見たコマーシャルで、こういう時にあげる指輪は給料の三ヶ月分って謳い文句があったな」

宝石をリングに付ける事には問題はないんだけど、ただそうなると常在戦場の心構えを持つソフィアがはめる機会は少ないだろうな。

ところで、マリッジリングとエンゲージリングって同じ指にはめるんだっけ。

いや待てよ。指輪を作る事自体、アカネに言いくるめられただけかもしれないのに、同じ指にはめるとか心配する以前の話だよな。

「……聞いた方が早いな」

というわけで、女性陣に聞いてみようと、僕は工房を出てリビングに向かった。


リビングには、お茶を飲みながら衣装について話し合う女性陣がいた。

「あら、どうしたの？　何か用？」

僕を見た途端、アカネが迷惑そうに聞いてきた。

いや僕の家のリビングだし、邪魔者扱いはやめてほしい。

「ちょっと聞きたい事があって」

そもそもこの世界に指輪を贈る風習があるのか、やっぱり左手の薬指に指輪をはめるのか、マリッジリングとエンゲージリングは同じ指にはめるのか等を聞いてみた。

すると、アカネは悪びれずに言う。

「あら、気がついた？」

「えっ？　どういう事？」

アカネはとぼけた顔しつつ続ける。

「マリッジリングやエンゲージリングの風習が、この世界にあるわけないじゃない。この世界で指輪っていうと、基本的には装備品扱いよ。貴族のご婦人が身を飾るための装飾品くらいはあるでしょうけど」

「なっ⁉　じゃあ、どうして」

「決まっているじゃない。私は結婚するなら、指輪が欲しいもの！」

「えっ……」

あまりに堂々と言いきったアカネに、僕は何も言えなかった。

でも、ソフィア達もアカネを責めたりしない。結局、ソフィア達も指輪が欲しかったみたいで、女性がアクセサリーを好きなのはどこの世界でも同じなのかな。

どうせもうマリッジリングは完成したのだし、開き直ってエンゲージリングもアカネの指示通りに作る事にした。

工房に戻る僕を、ヒラヒラと手を振り僕を見送る女性陣。

お茶くらい飲ませてくれてもいいのに……

◇

その後、エンゲージリングもなんとか作り上げた僕は、次の大きな壁にぶち当たっていた。

どこで、結婚式を挙げるのか。

僕は聖域の教会でいいと思っていたんだけど、あっちこっちから「待った」がかかった。要するに、聖域で式を挙げられると困る人が多いらしい。

聖域は、大精霊達に認められた者しか入る事が許されない。それはその人の善性も関係するが、よい人だったとしても、そもそも聖域にはむやみやたらに受け入れるキャパがない。

屋敷のリビングに、結婚式は私が仕切ると張りきっていたアカネのため息が響き渡る。

「はぁ～、難しいわね」

「はぁ～、難しいね」

アカネに続き、僕も同じくため息を吐いた。

アカネが首をかしげつつ言う。

「聖域の教会で挙げるつもりだったけど、そうすると招待するのが、聖域に自由に入れるミーミル王女と聖域の住民のリーダー格だけになっちゃうのよね」

「僕的にはそれで問題ないんだけど……まずいんだよね」

「それはそうよ。実際に来る来ないは抜きにして、最低でもボルトン辺境伯様と冒険者ギルドのバラックさんとハンスさん、パペック商会からはパペックさんとトーマスさんくらいは呼ばないとダメよね。で、ボルトン辺境伯を呼ぶと、ロックフォード伯爵も呼ばないといけないし。両家のバランス的に見ても、ユグル王国からはミーミル王女以外にソフィアさんのご両親だけ、っていうのもまずいでしょう？」

「ウワァ～、面倒な話だね」

　身内だけでこぢんまりと挙げられないものだろうか？　そう考えていると、僕の考えを読んだのか、アカネが首を横に振った。

「ダメよ。タクミも私も、バーキラ王国のボルトン辺境伯様には特にお世話になっているでしょう？　後ろ盾になって、有象無象の貴族や豪商から守ってくれているのは、ボルトン辺境伯様なんだから。国王陛下にしても、平民の私達には分不相応なほど気を使ってもらっているわ。向こうの都合で出席出来ないならまだしも、招待しないはダメよ」

「……そうだよね、ボルトン辺境伯は外せないよね」

　ボルトン辺境伯は、シドニア神皇国関連でも僕らを守ってくれた。そんなボルトン辺境伯を招待しないってわけにはいかないよな。

「それと、ベールクトを呼ばないと拗ねるわよ」

「グハッ……」

有翼人族なんて、生き長らえているのが発覚したら、芋づる式に天空島の存在までバレそうだ。それにベールクトを呼んだら、バルカンさんとバルザックさんも呼ばないとダメだよな。二人のバカ息子は呼びたくないけど。

「そうなると、聖域の東にある街、なんて言ったっけ……そうそう、バロルって名前になってたはず。あの街で挙げるしかないと思うのよね」

「……でもあそこは、ユグル王国、バーキラ王国、ロマリア王国の三ヶ国が合同で建設した街で、今ではサマンドール王国からも人が流入しているよ。セキュリティの面で不安じゃないか？」

「セキュリティはたぶん大丈夫よ。問題は、バーキラ王国とユグル王国以外の国にも、タクミの結婚式がバレてしまう方よ」

ああ、本当にこぢんまりと挙げたい……僕とアカネがそんなふうに悩んでいる頃。

もう一方の当事者であるソフィア・マリア・マーニは、カエデとレーヴァと一緒にウエディングドレスのデザインを考えていた。

ちなみに、ウエディングドレスもこの世界にはない文化だ。ソフィア達にそれを教えたのは、当然ながらアカネである。

こっちの花嫁は豪華なドレスは着るものの、純白のウエディングドレスではなく、舞踏会で着られるような派手なドレスが主流らしい。

ドレス作りをしているソフィア達をぼんやり眺めていたら、ふと大切な事を思い出した。僕は思わず声を上げる。

「あっ！」

「どうしたのよ！　急に大きな声を出したらビックリするじゃない！」

「ごめんごめん。いや、ソフィアのご両親は健在じゃないか。結婚の挨拶は必要かな？」

「ああ～、それがあったわね」

マリアとマーニは不幸にも家族を亡くしているので、式に呼ぶべき親族はいない。

一方、ソフィアの両親は存命でユグル王国で暮らしている。前に一度行った時は会えなかったけど、弟さんもいて騎士として王都で働いていたはずだ。

「お嬢さんを嫁にください、ってやつね。貴族の娘をもらうんだから、やっぱり挨拶は必要なのかしら。私も貴族の常識は知らないから分からないわ。ミーミル王女に聞いてみようかな」

「どこで結婚式を挙げるかよりも、それが一番先だったね」

「じゃあ、ミーミル王女に聞いてくるわ」

そう言うとアカネはすぐに部屋を出ていった。といっても、ミーミル王女の家は僕達の屋敷の隣だから徒歩五分で着くんだけどね。

ソフィアの両親に結婚の挨拶をしないといけないのか。

やばい、今さらだけど緊張してきたな。

32　父、狼狽《うろた》える

ユグル王国の中心にあるのは、天まで届くかのようにそびえ立つ大樹——世界樹である。

その麓に、ユグル王国の王都はあった。

タクミが結婚式に向けて動き出したという情報は、間者を通してすでにユグル王国へもたらされていた。


世界樹を望む王城の一室。

ユグル王国の宰相で七百歳を超える長老バルザと、この国の王たるフォルセルティ・ヴァン・ユグルが話し合っている。

「シルフィード卿の長女ソフィア嬢と、件のタクミ・イルマ殿との婚姻が決まったようです。報告によれば、挙式の場所の選定や招待客の選別が行われているそうですな」

「……どう思う、バルザ？　我らは招待されるだろうか？」

バーキラ王国を拠点に活動する冒険者、職人、生産者として各国にまで名を知られるタクミ・イルマが、ユグル王国の騎士だった者と婚姻する。それだけを聞けばめでたい話で、一国の王たるフォルセルティが悩む必要もない。

相手は平民で、シルフィード家の長女にしても元騎士に過ぎない。国王が関わる問題ではない……普通ならば。

その普通ではない複雑な事情を、バルザが告げる。

「我が国には聖域と関係の深いミーミル様がいます。だからといって、他国の王を平民が挙式には呼ばないでしょうな。しかし、精霊樹の守護者、聖域の管理者と大精霊様方から認定されている者の挙式に、精霊を尊ぶ我らが招待されないでは済みません」

「おそらくバーキラ王国からは、イルマ殿と関係の深いボルトン卿は確実として、ロボス王も足を運ぶだろう」

「ロマリア王国は微妙ですな。バーキラ王国とは同盟関係にありますが、イルマ殿とは直接の関係は薄いですから」

フォルセルティ王は、他国と比べて自分達はまだマシだと思っていた。

娘のミーミルはタクミ達とよい関係を築けていると聞く。ミーミルからお願いしてもらえたら、意外とすんなり招待してくれるだろうと考えていたのだ。

「ミーミルからはもちろんだが、シルフィード卿からも、儂が式に出席したがっていると伝えてもらうか」

「それはいいですね。ところで以前、イルマ殿はソフィア嬢と両親を再会させるため、わざわざ里帰りに訪れたと聞いています。今回も挨拶に訪れるやもしれません」

　タクミにはそういう律儀な部分がある。結婚となれば挨拶に当然訪れるのではないか、バルザはそう確信していた。

「では、シルフィードのもとへ儂の書簡を届けさせるか」

「陛下、ここは私が参りましょう」

「何⁉　バルザ自らがか？」

　エルフ族の長老であり宰相であるバルザが、たかだか騎士爵に過ぎないシルフィード卿のもとへ向かうという事に、フォルセルティ王も驚いていた。

　バルザは笑みを浮かべつつ言う。

「事は失敗出来ませんからな。運がよければ、イルマ殿と会えるかもしれませんし」

「……シルフィード卿も大変じゃのう。お主のような者が数日も居座る事になるのだからな」

　バルザの企みを理解したフォルセルティ王は、シルフィード家に同情を示した。

　それはそうだろう。普段会う事もないほど高位な貴族が、突然家を訪れる。それだけでも下級貴族は、どう対応していいのか混乱してしまうものだ。

　しかもバルザは、タクミとの偶然の出会いを狙っている……

「なに、国家の宰相ではなく、ただのジジイが遊びに行くだけですよ。ホッホッホ……」

　フォルセルティ王はなかば呆れながらも、バルザにすべてを任せる事にした。

さっそくバルザはごく少数の護衛を付けると、ユグル王国辺境にあるシルフィード騎士爵領へ出発していった。

◆

ユグル王国辺境、二つの村を治める小さな領地――シルフィード騎士爵領に激震が走る。

騎士爵でしかないシルフィード家に、王都から先触れとして騎士が訪れた。

その日、執務室で陪臣と財務の書類に目を通していたダンテ・フォン・シルフィードは、王都から訪れたその騎士に書簡を手渡される。

「失礼だが、田舎の騎士爵でしかない私に、王都から書簡とはなぜでしょうか？」

「詳しくはご自分で確認してください。私はバルザ様から先触れとして遣わされただけですから」

「⁉　バルザ様！」

騎士爵であるダンテからすれば、バルザは雲の上の存在である。

ダンテはその名を口にした瞬間、先触れに訪れた騎士がその姿を見てかわいそうに感じるくらいに狼狽えていた。

ダンテは震える手で書簡を読み、その内容を理解するとさらに混乱して騎士を見た。騎士は淡々と告げる。

「書かれている事は事実です。すでにバルザ様は王都を発たれました。ただご安心ください。バルザ様は爵位は気になさらず、普段通りの対応を願われています」

「……」

騎士が立ち去ったあとも、ダンテは呆然として固まっていた。

それからしばらくして再起動すると、彼は執務室を飛び出してリビングに駆け込んだ。

「フリージア！　フリージア！」

「どうしたの？　大きな声で」

ダンテの妻フリージアはリビングのソファーで刺繍をしていた。ダンテの慌てた様子に、彼女はびっくりした顔をする。

夫の狼狽えた様子からよほどの事が起こったのだと悟った彼女は、メイドにお茶を淹れるよう指示し、ダンテをソファーに座らせる。

ダンテがお茶を飲んで落ち着くのを待って、フリージアは尋ねる。

「どうしたのあなた？」

「バルザ様が来られる！」

「バルザ様……って宰相のバルザ様？　えっ!?　ウソ！」

普段はおっとりしているフリージアも、さすがに慌ててしまった。

シルフィード家は最下級の貴族家に過ぎない。国家の重鎮と顔を合わせる機会などこれまで一度もなかった。

それが、呼びつけられるならまだしも、バルザ自らやって来るという。慌てるなという方が無理な話だ。

「あなた、すぐに準備しましょう」

「そ、そうだな」

メイドや家宰に指示を出すため、ダンテとフリージアがバタバタと動き始める。


それからシルフィード家では気の休まらない日が続いた。

そして当日、豪華とは言えないシルフィード家の屋敷の前に、少数の騎士に護られた馬車が到着した。

出迎えるのは、緊張でガチガチになっているダンテと、比較的落ち着いた様子のフリージア。それと、少数の陪臣達が並ぶ。

馬車から降り立ったバルザが告げる。

「わざわざの出迎え痛み入る。シルフィード卿とは初めましてかな。宰相を務めておるバルザじゃ」

「お目にかかり光栄です。ダンテ・フォン・シルフィードであります。こちらは妻のフリージアです」

「ようこそお越しくださいました。歓迎いたします」

ダンテから紹介されたフリージアが、綺麗な所作でバルザに挨拶をする。

「いやいや、突然の訪問を許されよ。此度の訪問にはいくつか頼みたい件があるのだが……玄関先で話す内容ではないでな」

「これは気が利かず申し訳ございません。ささ、どうぞ粗末な屋敷ではございますが」

「すまぬの」

バルザは護衛の騎士とお付きの侍女に用意された別室で待機するよう指示すると、ダンテの案内で客間に入った。

お茶を飲み一息ついたところで、バルザから要件を話し始めた。

「シルフィード卿、王都からこの老いぼれが足を運んだ事を不思議に思うのは当然じゃ。話はシルフィード卿の長女、ソフィア嬢についてじゃ」

「ソ、ソフィアに何かあったのですか!?」

「ソフィアはイルマ殿に仕えているのでは？」

ダンテとフリージアが慌てて声を上げる。

バルザは二人を落ち着かせると、ゆっくりと返答する。

「いやいや、悪い話ではない。実は我が国の諜報部から、ソフィア嬢とイルマ殿との結婚式が計画されているとの知らせがあったのじゃ」

「まあ！　ソフィアが結婚！」

「……」

フリージアは途端に笑顔になった。その一方で、なぜかダンテはムスッと黙り込む。

バルザはさらに続ける。

「イルマ殿は誠実な人だ。ゆえにソフィア嬢との結婚式に先立って、シルフィード卿と奥方に挨拶に訪れるだろう。ソフィア嬢を連れてな。それも数日のうちに」

「ああ、あの子に会えるのですね」

「……」

再会したもののしばらく会えなくなると思っていたソフィアが、結婚の挨拶に訪れるという。こんなに嬉しい事はないと喜ぶフリージアとは対照的に、ダンテは眉間のしわを深くしていた。フリージアがそんなダンテに声をかける。

「あなた、今夜は何かお祝いしませんとね」

「……いや、ソフィアに結婚は早くないか？」

「「はあ？」」

沈黙を破って発したダンテの言葉に、フリージアとバルザは揃って声を上げた。

「あなた、何言ってるの！」

「いやいやいや、シルフィード卿。ソフィア嬢はすでに立派な大人の女性ではないか。それにイルマ殿は短命の人族なのだぞ。早く結婚しなくてはあっという間に年寄りになってしまうではないか！」

怒るフリージアに続いて、バルザも必死に説得する。

さらにフリージアが言う。

「あなた。タクミさんは、傷ついたソフィアを救ってくれた人よ。ソフィアも一生ともに生きたいはずよ！」

「いやだから、反対ではないのだ。少し早すぎるのではないかなーと。叶うなら、もうしばらく親子水入らずで暮らしたいかなーなんて」

ダンテの考えも分からなくはないのだが、その子供じみた言い分に二人は呆れてしまった。

「無理じゃろう」

「絶対無理です！　あの娘もそんな事望みません！」

「いや、しかし……」

その後、話し合いは平行線をたどり、二人がダンテを説得出来たのは、タクミとソフィアがシルフィード領を訪れる前日だった。

33　欲しければ、俺を倒していけ

挙式の場所も何も決めてないいんだけど――

ともかくソフィアの両親に挨拶をするのが先決だとして、僕らはバタバタと用意を済ませてユグル王国へ向かう事にした。

ユグル王国の結界が張られた国境からかなり離れた場所に転移し、亜空間からツバキを召喚して馬車に繋げる。

「はぁ～、気が重いなぁ」

「タクミ様、そこまでご負担になられるのでしたら、父上や母上への挨拶はしなくてもよいかと思いますが……」

「いや、これはケジメだからね」

前世でもした事のない、義両親に結婚の挨拶をするというイベント。プレッシャーのかかる試練だけど、こなさないといけない。

ツバキとは念話で意思疎通が出来るようになったので、駆者は必要ない。だけど、街道を行く人の目があるので、交代で誰か馭者席に座っている。

カエデはいつもの特等席、ツバキの背に乗っていた。


「そろそろ国境だね」

「そうですね。エルフの森が近づいてきました」

しばらくして、巨大な結界を張っている森の姿が見えてきた。

ユグル王国に入国しても、馬車は順調に進んだ。

以前来た時よりも街道を行き交う人や馬車が多く感じる。これも三ヶ国の交易が盛んになったからだろう。

「ユグル王国も随分と変わりました」

ソフィアが周囲を見渡しながらしみじみと呟く。

「そんなに変わった？　確かに前にソフィアの実家へ来た時と比べると、街道の人通りは多いと思うけど」

「タクミ様、エルフは他国と最低限の付き合いしかしてこなかったのです。元来、自分達が全種族の中で一番優れた存在だと驕《おご》っておりましたから」

「ああ、うん、確かに上から目線の人が多いよね」

この世界のエルフは、まさに小説やアニメの世界で描かれるような感じそのままだ。

全員が美男美女の容姿で、長い寿命を持ち、優れた魔法使い。さらに、精霊と会話が出来るというのもあって、自分達は特別な存在だと驕る者が多かった。

しかもつい最近まで世界樹を自分達だけのものとしていたから、勘違いしてしまうのも少しは分かる気がする。

ぼんやりそんな事を考えながら馬車に揺られていると、アカネからこのあとの試練を思い出させるような話を振られる。

「ソフィアさんのお父さんとお母さんが、そんなエルフじゃなくてよかったわね」

「あ、ああ、それでも緊張する事に変わらないけどね」

「今からそんなんじゃ、向こうまで保たないわよ」

緊張がぶり返してきた僕を、アカネは呆れた目で見ていた。すると、ソフィアが優しくフォローしてくれる。

「大丈夫だと思いますよ。父上も母上も、穏やかな気性ですから」

こんな事でいちいち震えてたら男として情けなく思うけど、前世を含めて初めての経験なんだから仕方ないよね。


「あっ、シルフィード領が見えてきましたね」

「のどかな農村の風景なんだけど……」

見ているだけで胃が痛くなるのはどうしてだろう。

馬車は、ソフィアの案内で領主の館へ近づいていった。

二つの村落を治める程度の小さな領地なので、屋敷もそれほど大きくはない。僕のボルトンの屋敷や聖域の屋敷の方が大きいくらいだ。

ツバキがシルフィード邸前で馬車を停め、最初に僕が馬車から降りる。続いてソフィア、マリア、アカネが降りたところで、シルフィード邸から人が出てきた。

農民と変わらない服装だけど、この老人が家宰らしい。老人はにこやかな笑みを浮かべ、ソフィアに、続いて僕に声をかける。

「お嬢様、イルマ殿、ようこそお越しくださいました」

「ただいま、ハル爺。元気なようだな」

「いえいえ、そろそろ儂も世界樹のもとに逝《い》かねばと思っとります」

エルフの宗教観はこの世界の人族や獣人族とは違う。

女神ノルンを主神とするのは同じだけど、エルフは死ぬと世界樹と一体となり、そこから魂が天に昇り、輪廻転生を繰り返すと信じられている。

ハル爺さんと和やかに会話をしていると――

バンッ！

シルフィード邸の扉が勢いよく開いた。

ソフィアの父親のダンテさんと、ソフィアの姉と言われても信じてしまうくらいよく似た母親のフリージアさんが出てくる。

それと、なんか見覚えのあるエルフの老人がいる。どこかで会ったかな……

「父上、母上、お久しぶりです」

「……」

「ソフィア、元気そうで安心したわ」

ソフィアが、ダンテさんとフリージアさんに挨拶する。

だが、なぜかダンテさんは僕を睨んでいた。

えっと、僕が何かしたかな？　不思議に思っていると、ダンテさんは僕にとんでもない事を言い放った。

「イルマ殿！」

「は、はい」

「ソフィアが欲しければ、俺を倒してみろ！　決闘だ！」

「「「「はっ？」」」」

和やかな空気が一瞬にして凍る。みんなが呆然とする中、最初に動いたのはフリージアさんだった。

ゴンッ！

鈍い音が響いたと思ったら、ダンテさんは白眼を剥いて倒れていた。

フリージアさんは「フゥーフゥー」と呼吸を整えつつ、どこから取り出したのか、メイスを担いでいる。

「さっ、狭い家だけど、どうぞお上がりになって」

「「「「…………」」」」

フリージアさんは何事もなかったように、僕達を屋敷の中へ誘う。

僕は恐る恐るソフィアに尋ねる。

「……お父さんはいいの？」

「放っておきましょう」

ソフィアはノビているダンテさんを跨いで、屋敷の中へ入っていった。

「お邪魔しまーす」

僕達もダンテさんを跨いで屋敷の中に入る。

その時、カエデがダンテさんをわざわざ踏みつけてたけど、カエデ、ダンテさんは玄関マットじゃないからね。

「さぁさぁ、おかけになってください」

「……し、失礼します」

ダンテさんを殴り倒しておいて平常運転のフリージアさんに少し引きつつ、僕達はソファーに座った。

　僕達といっても、ここにいるのは僕とソフィアの二人だけ。マリア、レーヴァ、アカネ達は別室に通されている。

　そういえば、先ほどいた老人のエルフがいないな。不思議に思って周囲を見回していると、ダンテさんがフラフラと入ってきた。

「フリージア、ひどいじゃないか」

「あなたもお座りなさい」

「……はい」

　シュンとして小さくなるダンテさん。

　見た目が若くて容姿の恐ろしく整った、凛々しいエルフなだけに、情けなさのギャップがハンパないんだけど……

　気を取り直して、当初の目的だったソフィアのご両親への結婚の挨拶をしようと、僕が居住まいを正した時。

「嫌だ！　聞きたくない！」

「「へっ？」」

「……」

　ダンテさんが手を耳に当てて、僕の話は聞かないと言い出した。

意味が分からず呆然とする僕とソフィア。

フリージアさんの方から、ゴゴゴゴゴォォォォォッと音が聞こえてきそうなくらいに怒りのオーラが感じられると思ったら——

ギュウゥーー!!

「イダッ！　イデデデデッ！　フリージアァ！　い、痛いから！　頬っぺたが取れるからぁ！」

「本当にもう、あなたは。はぁ、ごめんなさいね、タクミさん」

フリージアさんは、ダンテさんの頬をちぎれるほど抓《つね》りつつ僕に謝ってくる。

「へっ、え、ええ、大丈夫です」

ダンテさんとフリージアさんのやりとりにも驚いたけど、いつの間にかフリージアさんが僕の事を「タクミさん」って呼んでいるのにも驚いた。

「あら、呼び方が変わったのが不思議かしら。タクミさんは私の義息子になるのだから当然でしょう?」

「俺はまだ認めていにゃ痛い！　痛い！　ゴメンよフリージアァ！」

フリージアさんは、僕とソフィアの結婚をすでに認めてくれているようだ。対してダンテさんはそうじゃないみたいだけど……またフリージアさんに頬を抓られ涙を流している。

このタイミングで言うのもどうかと思ったけど、僕は今しかないと考え、居住まいを正して頭を下げる。

「ダンテさん、フリージアさん、ソフィアと結婚させていただけませんか」

「ええ、もちろんよ。幸せにしてあげてね」

「……」

フリージアさんが嬉しそうに微笑んでくれている隣で、ダンテさんはムスッとして横を向いていた。

「あなた、いい加減にしてくださいね」

「い、いや、しかしフリージア、結婚はまだ早いんじゃないか？」

「早いわけないじゃない。ソフィアが何歳だと思っているの、あなたは」

「母上！　歳の事は言わないでください！」

歳の話をされ、ソフィアが慌てて抗議する。

そうは言っても、八十歳くらいのソフィアはエルフ基準では小娘扱いだ。だから、ダンテさんが主張するように、結婚が早いと言っても間違ってはいない。

でも、たぶんダンテさんはソフィアが何歳でも嫌なんだろうな。前世で娘を持つ同僚のそんな話を聞いた覚えがある。

「まあ、ソフィアの歳の話は別にして、この娘はもう家を出た身ですから、結婚を祝う事はあっても、反対なんてしませんよ」

「ありがとうございます、フリージアさん」

改めて僕がお礼を言うと、フリージアさんが質問を向けてくる。

「結婚式は挙げないの？」

「それなんですが、母上。私達は平民でありながら、バーキラ王国では冒険者としても職人としても名前を知られているのです。だから、なかなか一筋縄でいかず……」

困り顔でそう説明するソフィアを補足するように僕も言う。

「バーキラ国王陛下との謁見の際に挙式の話が出たというのもあって、僕らだけで簡単に済ますというわけにはいかないみたいなんです。お世話になっているボルトン辺境伯からも、内輪だけの挙式では困ると言われてまして……」

それから僕はフリージアさんに、結婚式の場所・規模、招待者の選定など、解決するべき点が多い事を正直に話した。

「まあ、難しい問題があるのね」

「あっ、もちろん、ダンテさんとフリージアさんはご招待しますよ」

「フフッ、ありがとうタクミさん。難しい話はそこまでにして、今日は精一杯もてなすのでゆっくりしてね」

フリージアさんから、食事の時間まで客間でゆっくり過ごすようと言われたので、僕は睨むダンテさんの視線から逃れるように、みんなの待つ客間へ足早に向かった。

34　ユグル王国宰相からのお願い

無事に（?）ソフィアのご両親へ結婚の挨拶を終えた僕は、その日はソフィアの実家に泊まる事になった。

部屋に入ってすぐ、ソフィアが謝ってきた。

「タクミ様、申し訳ありません」

「いや、なんとも思っていないよ。男親ってそんなものだと思うし」

ソフィアが何に謝っているのかは分かる。僕達が訪れてからの、ダンテさんの僕に対する態度に関してだ。

でも、娘を持つ親の気持ちなんて程度の差はあれ、似たようなものだと思う。僕だって娘を持つ親となったなら「僕より弱い男なんて許せない！」なんて言っちゃいそうだ。

「そうよ、気にする事はないわ。少し……いえ、ドン引きしたけど、フリージアさんは常識的だったし、バランスが取れてていいんじゃない？」

「アカネさん、褒めてないですよね」

ダンテさんのああいうところは、ソフィアにとっても初めて見る一面で戸惑っているようだ。

ソフィアにとってのダンテさんは、自分にも他人にも厳しい武人だったらしい。娘を嫁に行かせたくないと拗ねたりする人じゃないと思ってたそうだ。

するとマリアが核心を突くような事を言う。

「フリージアさんの態度からしたら、元からそういう面があったんですよ。いきなりダンテさんを殴るフリージアさんにもビックリしましたけど」

マリアの意見に僕も賛成だ。気を失うほど殴ってたし。

しばらくまったりと過ごしていた僕達を、夕食の準備が出来たとシルフィード家のメイドが呼びに来た。

「正式なメイドじゃないのです。小さな領地を治める騎士爵ですからお金もないので、ご近所の農家のお婆さんを雇っているのです」

ソフィアによると、実家で働く侍女や執事は、農家を引退した老人を雇って働いてもらっているそうだ。

「小さな領地ですから実入りは少ないですし、それでも一定数の兵士を維持する必要もあるので大変らしいです」

ダイニングへと向かいながら、ソフィアがシルフィード家の懐事情を教えてくれた。

以前訪れた時は、屋敷の中を見る余裕もなかったから気がつかなかったけど、確かに建物の外観も内装も、質素というか……はっきり言うとボロい。まず、屋敷の大きさは下手な豪農の屋敷よりも小さい。

もともと法衣騎士爵だったのが、嫌がらせのような小領を受領し、それからの五十年は苦労の連続だったそうだ。

ダンテさん自ら畑を耕し水路を建設しと、政務のかたわら働いていたらしい。

ただ人族とは違い、魔法適性が高く精霊魔法が使えるエルフは、風や水の魔法を農耕に使えたので、この五十年でなんとかわずかながら貯蓄出来るまでになったようだ。

「ソフィアも仕送りしているよね」

「はい、それで借金は清算出来たみたいです」

「私達、お金を持っていても、お菓子くらいしか買いませんもんね」

「いや、それはマリアだけだろう。私は本を買ったりするぞ」

「え～、ここ三年くらいで二冊だけじゃないですかー」

「なっ！　どうしてマリアが知っている！」

ソフィアとマリアが仲よくじゃれ合っているうちに、ダイニングに着いた。

貴族としては半分平民のような最下級の騎士爵だからか、マーニやレーヴァ、ルルちゃんも同じテーブルで食事をとる事に隔意を持つ事はないみたいでホッとした。

ソフィアの実家で嫌な思いはしたくなかったから。

ソフィアがそうであるように、そのソフィアを育んだダンテさんとフリージアさんも、他種族への忌避感はないのだろう。

これはエルフにしては珍しい部類に入る。エルフは平民でも他種族を下に見る人が多いのが現実だから。

少しして不貞腐れたダンテさんとニコニコ微笑むフリージアさん、それと一人の老人エルフが食卓の上座についた。

「タクミ君、紹介しておくわね。ユグル王国の宰相をされているバルザ様よ。何かタクミ君にお願いしたい事があるそうなの」

「なっ！」

「……はぁ」

宰相と聞いてソフィアは絶句しているけど、僕はなんとなく想像がついたのでそれほどでもなかった。

確か聖域の視察団の中にいたのを思い出した。それに、頼みたい事も想像出来る。アカネ達と仲のよいミーミル王女が僕達の結婚式に出席するのに、他にユグル王国の関係者が出席出来ないと不満が出るだろうと。

「儂から挨拶させてもらおうかな。ユグル王国宰相の職を賜っているバルザと申す。何、ただの歳を経た爺じゃ。フリージア夫人が言うたように、イルマ殿にフォルセルティ王よりお願いしたい儀があるんじゃ」

「僕にですか？」

一国の宰相が、国王の頼みを告げに来る。

なんの冗談だろう……

出来れば、そういった話は食事のあとにしてほしかった。これじゃあ食事の味も何も分からないよ。

「イルマ殿とシルフィード家のソフィア殿との婚姻は、我らユグル王国にとってもめでたい話である。エルフ族は他種族を見下すきらいがあるゆえに、他国との外交や交易が上手くいかない事も多かったのはご存知だと思う。じゃが、聖域に大精霊様達が顕現されてからは、バーキラ王国やロマリア王国と協力する事も増え、交易も盛んになり始めておる。人族のイルマ殿とエルフのソフィア殿が結婚する意味は大きいのです」

「はぁ……」

「そこで、イルマ殿とソフィア殿の結婚式には、我が国からはミーミル王女のみならず、フォルセルティ王と私が出席したいと思っているのです」

なんだか面倒な事を言われそうな気がする——そう思って聞いていたけど、案の定面倒な話だった。

前置きが長いから怪しいと思ってたんだ。

いや、出席したいと思っているってなんだよ！　こっちが招待するかどう決めるものなんじゃないのか？　この世界では違うのか？

「バーキラ王国からは、最低でもボルトン卿とロックフォード卿が出席するのであろう。ならば、我らが出席しても問題はあるまいと思うのだが」

ああ、やっぱりそういうお願いだったか。そりゃそうだよね。でも、これダンテさんの事を考えれば断れないよね。

そう思ってソフィアの方をチラッと見ると、ソフィアは渋い顔をしながらも頷いた。

「はぁ、まだ日程も場所も決まっていないので、後日招待状を送ります」

僕は思わず深いため息を吐いて、ユグル王国の国王達の結婚式への招待を受け入れた。仕方ないよね。

「おお、それはありがたい。これで陛下に顔向け出来るというもの。それとイルマ殿、重ねてのお願いになるのだが、挙式は聖域でお願い出来ないだろうか？」

「えっーと、理由を聞かせてもらってもいいですか？」

ほら、まだ厄介な話が残ってたよ。

結婚式へ国王達を出席させるだけで、エルフ族の長老でもある宰相がわざわざ騎士爵の屋敷まで足を運ばないよね。

「ソフィア殿は知っていると思うが、エルフの貴族が婚姻の儀式を行う時、世界樹のもとで将来を誓うのじゃ。もちろん、イルマ殿は貴族ではないし、ソフィア殿も貴族席を抜けておるから、必ずしも我らの様式に合わせる必要はない。だが、精霊の祝福を受けられる環境で結婚式を挙げたいとは思わんか？　我らとしては、ユグル王国の世界樹のもとでの挙式が望ましいのだが、我らも一枚岩ではない。様々な妨害や不測の事態が起こる可能性を捨てきれん。そうなると、精霊の祝福を受けられる地は、聖域しかないんじゃ」

精霊の祝福かぁ……派手になりそうだなぁ。聖域の楽隊も張りきるだろうしなぁ……

「はぁ、確約は出来ないですが、ミーミル王女を除き、フォルセルティ王と王妃様、バルザ宰相の三名と最小限の護衛でお願いします。聖域で挙式をするとなると、大精霊達とも相談しないといけませんから」

「おおっ！　陛下に知らせれば、さぞ喜ばれるであろう。人員に関しては問題ない。大精霊様達の手を煩わせるわけにはいかん。馬鹿をしかねん輩を聖域へ入れては、精霊を崇めるユグル王国の威信に関わりますからのう」

フリージアさんは申し訳なさそうな表情をしている。ここで僕が断る事は出来ないよ。何百年も生きている人に太刀打ち出来る訳ないか。

その後、何を食べたか覚えていない。

ダンテさんは、僕限定だけど相変わらず機嫌が悪いし、バルザ殿は無事に役目を果たしたためか、機嫌よく食事中もよく喋っていたし……

「タクミ様、申し訳ありません」

客間に戻った僕に、ソフィアが深々と頭を下げて謝ってきた。

「ソフィアが謝る事はないよ」

「そうです。あそこで拒否すると、ソフィアさんのお父さんとお母さんが困った事になりますもん」

僕とマリアがソフィアのせいじゃないと慰める。実際、ソフィアの実家の立場を考えれば、断る選択肢なんてありえないんだから。

「それにダンテさんやフリージアさんを聖域に招待するいい機会だしね」

「そう言えば、ソフィアさんに弟がいるよね」

アカネに言われて思い出した。シルフィード家の嫡男で、ソフィアの弟が王都で騎士団に入っていると聞いていた。

「ダーフィも呼びたいですが、騎士団を何日も抜けられるかは分かりませんね」

ダーフィというのか。確かに王都を護る騎士団なら、簡単に休みをもらうのは難しいかもしれないな。

「ふぁ〜、マスター、カエデもう寝てもいい〜」

「今日はもうお休み」

「うん〜、お休みなさい〜」

カエデが大きな欠伸をして眠そうにしている。カエデは、ユグル王国に入ってから、ツバキの背に乗りずっと警戒してくれていたからな。

充てがわれた客間に、ルルちゃんとアカネも一緒に出ていった。

「私達も早めに寝ましょうか」

「そうだね。明日は早めに出発しないとダメだもんね」

ソフィアはそう言うと客間をあとにする。ダンテさんが、僕とソフィアが同じ部屋で寝る事を許してくれなかったからだ。

その日僕は久しぶりに一人でベッドに入った。

寂しくなんかないよ。

35 VS《ヴァーサス》弟

まだ朝日が昇って間もない時間に目が覚めた。

「う〜ん、ベッドが硬い」

ダンテさんやフリージアさんには言えないけど、僕に充てがわれたベッドの寝心地はあまりよくなかった。ちょっと身体が贅沢に慣れてしまったのかな。

僕がベッドから起き上がり、身だしなみを整えていると――それを見計らっていたように、部屋の扉がノックされる。

「どうぞ」

「おはようございます」

「ああ、おはよう」

部屋に入ってきたのは、ソフィアだった。

「ゆっくり寝られた？」

「私が育ったのは王都にある小さな屋敷です……この大きな屋敷はなんだか落ち着きませんでした」

「それはそうか」

シルフィード家が領地持ち貴族になったのは、ソフィアが捕虜になったあとの話。

前回僕らがシルフィード家を訪れた時に寝泊まりしたのは客間だったからな。今回はソフィアには部屋が用意されていた。

「タクミ様、申し訳ありません」

突然、ソフィアが謝ってくる。何に謝っているのかは分かっている。でも、それは仕方ない事だと思う。

僕はソフィアに頭を上げさせる。

「ソフィア、謝る事ないよ。ソフィアの実家の立場も分かるし、僕にとっても義理の父と母になるんだから。その実家の立場が悪くなるのは避けたいからね」

五十年もの間、心配をかけていたダンテさんとフリージアさん、それと弟さんにも不利益があるといけないから。

わざわざ一国の宰相が来るって事は、国のメンツがかかっているってわけだよね。僕はただの平民の職人なんだけどなぁ……

そこでふと思い出す。

「そういえば、ソフィアの弟さんとは今回も会えなかったね」

「王都の騎士団勤めですから、時間は自由にならないのです」

前回のソフィアの里帰りの時も、弟さんには会う機会がなかった。結婚式までには、一度は挨拶しておきたかったけど、仕事なら仕方ない。本番の挙式では会えるかもしれないしね。

しばらくして、マリア、マーニ、レーヴァ、アカネ達が起きてくる。続いて、朝食の準備が出来たと侍女さんが呼びに来た。

一階のダイニングにやって来ると、侍女さんからバルザ宰相が王都へ出発したと告げられた。挙式に招待される事が決まればもうここにいる必要はないのだろう。朝一で出発したらしい。

ダンテさんの機嫌が相変わらずよくない。いい加減諦めてほしいな。今さらソフィアと別れるなんてありえないのだから。

朝食を食べ終えてみんなでお茶を飲んでいた時、僕はそろそろお暇する事を話した。

「フリージアさん、ダンテさん、僕達はそろそろ出発しようと思います」

「あら、じゃあ次に会うのは結婚式かしら」

「まだいいじゃないか。なんならソフィアだけでも何日か泊まったらどうだ？」

また暴走し始めたダンテさんに、ソフィアが言う。

「父上、私はタクミ様の護衛でもあるのです。お側を離れるわけにはいきません」

「護衛なら、他にもいっぱいいるじゃないか」

「いい加減にしてください！」

とうとうソフィアとダンテさんの親子喧嘩が始まった。

前回里帰りした時と、ダンテさんの態度がかなり違うので、どうしてなのかフリージアさんに聞いてみると、どうやら前回は結婚になるなんて考えていなかったそうだ。

ところが、今回結婚の挨拶から挙式への主席と、ソフィアの結婚話が現実となって、今頃になって親バカを拗《こじ》らせているらしい。

どうにかフリージアさんが仲裁して親子喧嘩が収まったのは、もうお昼前だった。

そして、帰る準備を終えて屋敷を出たところで、ダンテさんそっくりのエルフとばったりと遭遇した。

「ダーフィ！　ダーフィじゃないか！　久しぶりだな」

「あら、ダーフィ。お休みをいただいたの？」

「おお、ダーフィか。騎士団は大丈夫なのか？」

ダーフィと呼ばれたエルフの青年は、話しかけるソフィアやダンテさん達に応える事なく、ソフィアを睨み、続いて僕に蔑むような視線を向ける。

そして声を荒らげた。

「敵国の捕虜になり、奴隷堕ちしたシルフィード家の恥さらしが何しに帰ってきた！　しかも、人族や獣人族を屋敷に上げるなど、父上も母上も正気ですか！」

「なっ！」

「ダーフィ！　イルマ殿に失礼な事を言うな！」

「ダーフィ！　どうしたの！」

ダーフィはソフィアの弟のようだ。ソフィアは五十年ぶりに再会した弟からのひどい言葉に、ショックが大きくて絶句している。

ダーフィがさらに続ける。

「人族の奴隷になるなんて、エルフの矜持はないみたいだな」

ソフィアの家族だし、黙っていようと我慢していたけど、ダーフィのあまりの暴言に僕はキレてしまった。

次の瞬間、ソフィアの弟に言い返していた。

「いい加減にしろ！　ソフィアはもう奴隷じゃない！　敵国の捕虜になったのだって味方の裏切りにあったからで、ソフィアになんの責もないんだ！」

「人族のクセに私に口を利くな！」

「ダーフィ！」

僕にまで暴言を吐き始めたダーフィに、ソフィアが怒りの声を上げる。

「なんだ、惨《みじ》めな姉に私が引導を渡してやろうか」

「いいだろう！　私への暴言ならまだ我慢する。それを父上や母上はおろか、タクミ様にまで暴言を吐きちらすなど到底許せるものではない！」

ダーフィが腰から剣を抜き放ち、ソフィアもスラリと剣を抜いた。

「ソフィア」

「心配しないでください。少し懲らしめるだけですから」

ソフィアにやりすぎるなと言おうとすると、ソフィアは頷き、そう言ってダーフィと対峙した。

どうしてこうなった……

睨み合って対峙するソフィアとダーフィ。

ソフィアもダーフィも真剣を持っている。

フリージアさんは、自分の子供達が抜き身の剣で斬り合おうとしているのを見て、さすがに顔を青くしていた。

一方、僕達の仲間は、ソフィアならダーフィに大怪我をさせる事はないと信じているので、慌てる事なく見守っている。

片手に持った剣を正眼《せいがん》に構えて動かないソフィア。ロングソードにラウンドシールドを構えたダーフィが、間合いをジリジリと詰める。

先に攻撃を仕掛けたのは、ダーフィだった。

ダーフィがロングソードを袈裟懸《けさが》けに斬り下ろすと、ソフィアは片手で軽く払う。ダーフィの体が泳ぎ、ダーフィは慌てて跳び下がるが、ソフィアは追撃をせずにじっとしている。

「くっ！　馬鹿にしやがって！」

ダーフィは一気に間合いを詰めると、回避し辛い横薙ぎの一閃をソフィアへと繰り出す。それをソフィアは、なんでもないように簡単にさばいている。

ダーフィの剣術は、正統な騎士のものなのだろう。対人戦を想定した剣術に見える。ソフィアもユグル王国の騎士だったので元になる剣術は同じなんだろうけど、僕とともに数多《あまた》の魔物と戦い、さらに僕達との模擬戦を繰り返したせいなのか、独自の型へと昇華させていた。

「弟くん、子供扱いね」

「仕方ないよ。レベルの差は四倍以上、ステータスの差は技術じゃ埋められないくらいあるからね」

「その剣の技術もソフィアが上だものね」

剣術に詳しくないアカネの目で見ても、ソフィアとダーフィの実力差は圧倒的だと分かるくらいだった。見ていてまったく危なげない。

自分の子供達が剣を持って戦う姿を見てハラハラしていたフリージアさんも、最悪の事態にはならないと分かりホッとしているようだ。

逆に騎士でもあるダンテさんは、ソフィアの強さに驚き固まっている。

◆

（クソッ！　なぜだ！　なぜ当たらない！　五十年の間、奴隷商で飼い殺しにされてたんじゃないのか！）

ダーフィの剣はソフィアに掠る事もなく、空を切り続ける。

騎士団に入ってから、姉のソフィアと比べられ続けた。やれ姉は天才だったとか、剣だけでなく槍や魔法もすごかった、弟ならお前も少しでも近づけるように頑張れと……

そのたびに、ソフィアに対する憎しみは積もっていった。

ダーフィは必死に自己鍛錬に励《はげ》んだ。シルフィード家の嫡男として、家を継ぐ跡取りとして恥ずかしくないよう努力してきた。

それがどうだ。ダーフィは殺す気で剣を振るっているにもかかわらず、どこに打ち込んでも簡単にさばかれ、躱《かわ》されている。

(なぜだ！　なんなんだ、この差は！)

それも当然だった。王都に勤務する騎士であるダーフィとは違い、魔境やダンジョンでの度重なる戦いと、トリアリア王国やシドニア神皇国との戦いで、ソフィアは大陸最強の一角にまで至っているのだから。

(クッ、こうなったら！)

ダーフィは、精霊魔法で風刃を放とうとするも、精霊が応えてくれない。

(なっ、なぜだ！　精霊が言う事を聞かないだと！)

焦るダーフィだが、風の大精霊シルフが目をかけているソフィアを傷つけようとする魔法に、風の下位精霊が力を貸すわけがない。

(ならば……)

「ウィンドカッター！」

バックステップでいったん距離をとったダーフィが、風属性魔法を放った。

至近距離から放たれた風の刃に、決まったと勝ちを確信したダーフィの表情が凍りつく。

放たれた魔法は、ソフィアの前で障壁に遮られて霧散する。

「クッ！　ウィンドカッター！　ウィンドカッター！」

「無駄だ、ダーフィ！」

ソフィアが風の精霊に働きかけ、ダーフィのウィンドカッターを発動直後に霧散させてしまう。

「うわぁぁぁぁーー!!」

パニックに陥ったダーフィが、ガムシャラに剣を振り回してソフィアへと斬りかかる。

キンッ！

ダーフィの持つロングソードが、クルクルと宙を舞った。

「あっ⁉」

ドスッ！

ソフィアは、剣の柄の部分でダーフィの胴を打ちつけ、その意識を刈り取った。

「ふぅ……」

崩れ落ちたダーフィを見つめるソフィアは、なんとも言えない寂しそうな表情を見せていた。

◇

気を失ったダーフィを屋敷の中へ運び入れると、ダンテさんとフリージアさんがソフィアに謝ってきた。

「ソフィア、ダーフィの事は申し訳ない。私の育て方が間違っていたのかもしれない」

「いつの頃からか、傲慢になっていくこの子から目を逸らした私達の責任ね」

「父上、母上、ダーフィの事をお願いします」

ソフィアは首を横に振り、二人が謝る事はないと言い、ダーフィの事を託した。

「ダンテさん、フリージアさん、結婚式には皆さん全員で出席していただけると嬉しいです」

「イルマ殿、もう一度ダーフィとじっくりと話し合ってみようと思う」

「ごめんなさいね。私からもダーフィに言い聞かせておくわね」

僕は頷くと、出立の挨拶をして帰路についた。色々疲れる事が多かったけど、本番はこれからなんだよね……

36 ダーフィの闇

森の中の街道を国境へ向けて走る馬車の中。暗い表情のソフィアをみんなで慰めていた。

「しかしソフィアの弟は、どうしてあんな態度だったんだろうな」

僕がそう尋ねると、アカネとルルちゃんがダーフィの不満を言う。

「そうね。エルフがいくら閉鎖的とはいっても、ダンテさんやフリージアさんはそこまでひどくなかったもの。彼だけ少しおかしいわね」

「あの人、ルルやレーヴァさんやマーニさんにも嫌な目を向けていたニャ」

相変わらず表情の冴えないソフィアが言う。

「私が覚えているダーフィは、いつも私の後ろをついてくる小さな子供だったんです。それから五十年……あの子が私を覚えているわけないですよね」

前回の里帰りの時にはダーフィとは会えなかったので、それこそ五十数年ぶりだったようだ。小さかった弟と、大人になって再会したはいいが、その弟は姉に敵意を向けていた。やり切れない思いになるのも分かる。

「王都の騎士団や法衣貴族の中には、未だにあのようなエルフ至上主義で、選民思想に凝り固まった者が多いのも事実です。ダーフィもそれに染まったのでしょうか……」

ソフィアの話では、平民出身の騎士はまだマシらしいが、貴族の子息の騎士団員には、一定数そういう存在がいるのだとか。

敵国である人族の国家に、捕虜にされ奴隷商会に売られたソフィアを認められないのではないかと言った。

「捕虜にされたのは、仲間の裏切りのせいでソフィアに責任はないのにね」

「ダーフィにとって、誰の責任だとかは関係ないのでしょう。あの子にとって私が敵国の虜囚となり、そのまま奴隷商会に売られた事実があるだけだと……」

ダンテさんやフリージアさんも、ダーフィがソフィアをよく思っていない事は、分かっていたらしい。五十年の間、ソフィアの身を案じて悲しんだり、思い出話をしたりする両親の姿を憎々しく見ていたのは知ってはいても、やめる事が出来なかったと。

うーん、どうなんだろう。今回ソフィアにボコボコにされた事で、余計にダーフィがおかしな事にならなきゃいいけど。

「まあ、ダーフィ殿の事は、ダンテさんとフリージアさんにお任せしよう」

「そうね。すぐに解決する問題でもないでしょうしね」

「……はい」

僕とアカネに言われて頷くソフィア。でも無理やり納得している感じだな。結婚の挨拶がなんとかなったと思ったら、帰り際にこんな厄介ごとが待ってたなんて……

ソフィアの話では、ユグル王国は他の国とは違い、国王以外にも長老衆が絶大な力を持っているそうだ。宰相のバルザ殿もその内の一人で、その長老衆の中にはエルフ以外の種族をゴミ屑の如く認識している者もいるのだとか。また、そういった長老の派閥は、王都の法衣貴族達が属している事が多く、ダーフィも王都でそういった派閥に属したのだろうと。

◆

意識が浮上してくると、ダーフィの身体のあちこちが痛みを訴えてくる。

「つっ！」

一応、回復薬で治癒されてはいたが、それで完治する類《たぐい》のものではなかった。意識がはっきりとしてくると、ここが実家の自室である事が分かる。

そして同時に思い出す。

幼い頃に会ったきり、すでに思い出す事も少なかった姉との邂逅《かいこう》を。

五十年数年前に戦争へ行って帰ってこなかった姉。姉のおかげで領地持ち貴族となったシルフィード家の嫡男という自分の立場。

ダーフィは、学校の友達から姉の事で虐《いじ》められて育った。人族の捕虜となり奴隷堕ちした、エルフの恥さらし者の弟と。

また一方では、戦争の英雄として称えられる姉と比べられた。

ダーフィは幼い頃から優秀な姉と比べられ、それと同時に人族の虜囚《りょしゅう》となった恥さらしのエルフの血族として蔑《さげす》まれてきたのだ。

家の中では、父と母は姉が戻らない事をいつも悲しんでおり、ダーフィを苛立たせた。

ダーフィの苦悩は、大人になり王都で騎士団に入ってからも続いた。

騎士団には姉とともに戦った騎士も多く。彼らの姉に対する評価は、美貌の天才騎士というものだった。そして、そのたびにダーフィは姉と比べられた。

ダーフィは家を継ぐために人一倍努力してきた。だけど周りは天才の姉と比べ、もっと頑張れと肩を叩く。

エルフの恥さらしと蔑む評価と、美貌の天才騎士と褒め称える評価。受け入れたくない劣等感。姉のおかげで得た領地を継ぐダーフィの気持ちは常に不安定だった。

ダーフィがエルフ至上主義の派閥に傾向するのに、時間はかからなかった。

(クソッ！　なんなんだ！　どうしてアイツはあんなに強いんだ！)

これまでの努力を馬鹿にされたようにさえ思えてくる。

完全に被害妄想だが、ダーフィにはもう冷静に正しい判断が出来なかった。

(滅茶滅茶にしてやる。人族との結婚なんて、恥の上塗《うわぬ》りなんてさせてたまるか)

ダーフィは闇に堕ちていく。

ダーフィは姉のおかげで得た領地や、その領地を継ぐ跡取りとしての立場を含め、すべてを壊したかった。

ただ、ダーフィは気がつかない。

ソフィアが精霊に愛されている事を。それはすなわち、どんな妨害も徒労で終わる可能性が高いという事を……

いずれ最強の錬金術師？
SOMEDAY WILL I BE THE GREATEST ALCHEMIST?
1〜2
原作＝小狐丸
漫画＝ささかまたろう
シリーズ累計
24万部突破！
（電子含む）
最強の生産スキル
錬金術発動！
勇者でもないのに勇者召喚に巻きこまれ、異世界転生してしまった入間巧。「巻きこんだお詫びに」と女神様が与えてくれたのは、なんでも好きなスキルを得られる権利！地味な生産職スキルで、バトルとは無縁の穏やかで慎ましい異世界ライフを希望——のはずが、与えられたスキル『錬金術』は聖剣から空飛ぶ船までなんでも作れる超最強スキルだった……！ ひょんなことから手にしたチートスキルで、商売でボロ儲け、バトルでは無双状態に!? 最強錬金術師のほのぼの異世界冒険譚、待望のコミカライズ!!
◎B6判 ◎各定価：本体680円＋税
いずれ最強の錬金術師？ 1
いずれ最強の錬金術師？ 2
原作 小狐丸
漫画 ささかまたろう
最強錬金術で大改革!?
Webにて好評連載中！ アルファポリス 漫画 検索
コミックス絶賛発売中！

落ちこぼれ
ぼっちテイマーは
諦めません
AUTHOR
たゆ
従魔と一緒なら
ぼっちでも強くなれる！

◉ISBN 978-4-434-27265-3

精霊の力を借りて戦う“精霊術師”の少年ニノは、ダンジョンで仲間に見捨てられた。だがそこで偶然、かつて人族と敵対し数百年もの間封印されていた、闇精霊の少女・フィアーと出会い契約することに。闇の力とは対照的に、普通の女の子らしさや優しさも持つフィアー。彼女のおかげでダンジョンから街に帰還したニノは、今度は自らを見捨てたパーティとの確執や、謎の少女による“冒険者殺し”事件に巻き込まれていく。大切な仲間を守るため、ニノは自分の身を顧みず戦いに身を投じるのだった——。

◆定価：本体1200円＋税　◆ISBN 978-4-434-27232-5　◆Illustration：あんべよしろう

俺が何もかも
簒奪してやるよ

PRESENTED BY
LEONAR D
レオナール D

**最強クズ君主の
成り上がり英雄譚、開幕。**

ランペルージ王国・東方辺境伯家の跡継ぎ、ディンギル・マクスウェル。彼には女癖の悪さという欠点こそあるが、「マクスウェルの麒麟児」という異名とともに、天賦の才を周辺諸国にまで知らしめていた。順風満帆な人生を送るディンギルにある日、転機が訪れる。サリヴァン・ランペルージ王太子がディンギルの婚約者と密通していたのだ。不当な婚約破棄を言い渡すサリヴァンに失望したディンギルは、裏切者から全てを簒奪することを決意。やがて婚約破棄から始まった騒動は、王国の根幹を揺るがす大事態に発展し——!?

◆定価：本体1200円＋税　◆ISBN：978-4-434-27233-2　◆Illustration：tef

婚約者である王太子の陰謀により、冤罪で国外追放に処された令嬢・ツェレア。人里に居場所のない彼女は、『魔の森』へと足を踏み入れる。それから七年が経ったある日。ツェレアのもとを、魔王討伐パーティが訪れる。女神の神託によって彼女がパーティの一員に指名され、勧誘にやって来たのだ。しかし、彼女はそれを拒絶し、パーティの一人を痛めつけて送り返す。実はツェレアは女神や魔王と裏で結託しており、神託すらも彼女の企みの一端なのであった。狙うは自分を貶めた王太子の首。悪役にされた令嬢ツェレアの過激な復讐が今始まる――！

◎定価：本体1200円＋税　◎ISBN 978-4-434-27234-9　◎Illustration：タムラヨウ

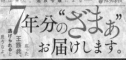

転生幼女はお詫びチートで
異世界ごーいんぐまいうぇい
Going My Way
高木コン
Kon Takagi
チートなスキル&
神様の手厚い加護で
我が道まっしぐら!!

転生幼女はお詫びチートで
異世界ごーいんぐまいうぇい
高木コン
チートなスキル&
神様の手厚い加護で
我が道まっしぐら!!
ネットで大人気!!!!
異世界幼女転生ファンタジー、待望の書籍化!!

名門貴族の三男・ウィルは、魔法が使えない落ちこぼれ。幼い頃に父に見限られ、亜人の少女たちと別荘で暮らしている。世間では亜人は差別の対象だが、獣人に救われた過去を持つ彼は、自分と対等な存在として接していた。それも周囲からは快く思われておらず、『変わり者』と呼ばれている。そんなウィルも十八歳になり、家の慣わしで領地を貰うのだが……そこは領民が一人もいない劣悪な荒野だった! しかし、親にも隠していた『変換魔法』というチート能力で大地を再生。仲間と共に、辺境に理想の街を築き始める!

◉定価:本体1200円+税 ◉ISBN 978-4-434-27159-5

◉Illustration:riritto

この作品に対する皆様のご意見・ご感想をお待ちしております。
おハガキ・お手紙は以下の宛先にお送りください。

【宛先】
〒150-6008 東京都渋谷区恵比寿 4-20-3 恵比寿ｶﾞｰﾃﾞﾝﾌﾟﾚｲｽﾀﾜｰ 8F
（株）アルファポリス　書籍感想係

メールフォームでのご意見・ご感想は右のＱＲコードから、
あるいは以下のワードで検索をかけてください。

アルファポリス　書籍の感想　検索

ご感想はこちらから

本書はWebサイト「アルファポリス」（https://www.alphapolis.co.jp/）に投稿されたものを、改稿、加筆のうえ、書籍化したものです。

いずれ最強《さいきょう》の錬金《れんきん》術《じゅつ》師《し》？ 7

小狐丸（こぎつねまる）

2020年 3月31日初版発行

編集－芦田尚・宮坂剛
編集長－太田鉄平
発行者－梶本雄介
発行所－株式会社アルファポリス
〒150-6008 東京都渋谷区恵比寿4-20-3 恵比寿ｶﾞｰﾃﾞﾝﾌﾟﾚｲｽﾀﾜｰ8F
TEL 03-6277-1601（営業） 03-6277-1602（編集）
URL https://www.alphapolis.co.jp/
発売元－株式会社星雲社（共同出版社・流通責任出版社）
〒112-0005東京都文京区水道1-3-30
TEL 03-3868-3275
装丁・本文イラスト－人米
装丁デザイン－AFTERGLOW
印刷－図書印刷株式会社

価格はカバーに表示されてあります。
落丁乱丁の場合はアルファポリスまでご連絡ください。
送料は小社負担でお取り替えします。

ISBN978-4-434-27239-4 C0093